Scrittori italiani e stranieri

Mauro Corona

Le altalene

ROMANZO

MONDADORI

Dello stesso autore in edizione Mondadori

Nel legno e nella pietra
Aspro e dolce
L'ombra del bastone
I fantasmi di pietra
Cani, camosci, cuculi (e un corvo)
Storie del bosco antico
Le voci del bosco
Storia di Neve
Il canto delle manére
La fine del mondo storto
Torneranno le quattro stagioni
La ballata della donna ertana
Come sasso nella corrente
Venti racconti allegri e uno triste
Guida poco che devi bere. Manuale a uso dei giovani per imparare a bere
Vajont: quelli del dopo
La voce degli uomini freddi
Una lacrima color turchese
I misteri della montagna
Favola in bianco e nero
La via del sole
Nel muro
Il passo del vento. Sillabario alpino (con Matteo Righetto)
L'ultimo sorso
Quattro stagioni per vivere
Le cinque porte

www.maurocorona.it

mondadori.it

Le altalene
di Mauro Corona
Collezione Scrittori italiani e stranieri

ISBN 978-88-04-76132-7

Pubblicato in accordo con MalaTesta Lit. Ag. Milano
I edizione settembre 2023

Anno 2023 - Ristampa 1 2 3 4 5 6 7

Le altalene

A quei due

Ritorna alle immagini del tempo perduto, c'è un vecchio che non riesce a scrollarsi di dosso il passato. Alla luce della memoria, vede quel bambino, lo sente nelle ossa antiche, nelle spalle curve che lo hanno sorretto per tanti anni. Lo vede nel riflesso di occhi stanchi, rossi e acquosi come fragole appassite, farcite di pioggia. Davanti allo specchio del tempo, quegli occhi brillano, si ravvivano, catturano immagini remote ma precise, visioni che colpiscono la punta del cuore come saette sulla cima.

Vede quel bambino correre, saltare muri, arrampicarsi, cercare nidi, fare il fieno, la legna, il formaggio. Ha paura che si faccia male, conosce i rischi che corre. Sorride. Per quanto gli consente la memoria, ricorda molte cose, tante altre le ha dimenticate, sono andate perdute. Altre le ha cancellate.

Quel bimbo era un frammento di cuore antico, eredità degli avi, patrimonio genetico senza fortuna. Cominciò a danzare alle prime emozioni, fresco e pieno di speranze.

Il vecchio sente battere gli zoccoli di legno per le vie del paese abbandonato, frusciare gli scarpetti di pezza sull'acciottolato. E sulla terra indurita dai passi in via San Rocco. Sui muri a secco del sentiero fiorivano i maggiociondoli. Nuvole di sole giallo penzolavano a carezzare le pietre coperte di muschio.

Erano sempre in tre a percorrere le strade.

Sono rimasti in due, ma il secondo è lontano. Oggi solo lui cammina sui ciottoli deserti. Terrà d'occhio il bambino, lo condurrà per mano fino a quando diventerà ombra.

Sopra la chiesa di San Rocco, il cimitero. Nella luce dei maggiociondoli parlavano i defunti. Non c'è voce più forte del silenzio dei morti. Un malinconico sole animava il camposanto, scaldava quelle fosse antiche, dimenticate. Volti anonimi sulle pietre, fotografie sbiadite, seppie dal colore sempre più vago.

Come la memoria dei sepolti, i morti sedevano sul muro a intiepidirsi. Pareva udirli parlare, forse parlavano davvero.

Ti ricordi così, ti ricordi colà.

Che serve ricordare, non siamo più sulla terra.

Dal regno delle ombre, vediamo i vivi da lontano, preghiamo per loro.

Di solito è il contrario ma preghiamo, è un brutto momento per i vivi.

Nei luoghi dell'infanzia, ogni passo risveglia un ricordo. Qualcosa torna a cercare il passato, come la giovinezza torna a trovare il vecchio alla fine dei suoi giorni.

Sul muro di perimetro, spunta un morto solitario. Prende il sole sul cappello. Alto, segaligno, antico e forte, di scorza spessa come un larice millenario. Perché si trova lì? Partì una mattina d'agosto, sollevando polvere con gli scarponi. Come un uccello che lascia il nido alla ricerca di cibo per la nidiata, andò a procurar mangime ai nipoti. Non tornò. Per strada trovò la morte.

Come nella poesia del Pascoli, i bambini aspettavano a becco aperto. Niente. Fu sepolto in silenzio, con poca gente, nella calura d'agosto. Poco tempo per piangere e via. Lavoro urgeva, la malga chiamava. Tre bambini piangevano a mente. Sui pascoli c'era da correre. Le lacrime fanno inciampare mentre si fila dietro a manze impazzite. Il vecchio svuota sul prato la gerla degli anni. Ricordi come fili d'erba. Fitti, secchi, calpestati, falciati. Qualcuno ancora verde, con la testa piegata.

L'eterno autunno della vita fa appassire corpi e anime, fa cadere le foglie a ogni albero. Dal virgulto giovane il cui sangue pulsa frenetico, a quello antico nelle cui vene scorre l'ultima linfa. Con un piede il vecchio sparpaglia la ghiaia dei ricordi. Vuole vederli separati, nitidi, uno a uno come cogliere pietre sulle rive del torrente.

Sul muro del cimitero spunta un morto giovane. Lo vede, lo riconosce. Capelli scuri, lunghi, come usava nel '68: Felice il suo nome, non la sua vita. È il secondo dei fratelli del vecchio, che dei tre era il maggiore.

Al funerale del nonno, quel torrido agosto, Felice stava dietro la bara, mai alzò la testa, come a non vedere. Cinque anni dopo la partenza dell'uomo in cerca di cibo, partì anche lui. E non tornò.

Volavano sulle ali della povertà che si posava sull'albero della miseria, a beccare grani d'indigenza. Ma comunque stavano bene, non sentivano la mancanza di ciò che non avevano. Non ti manca ciò che non conosci. Felice diventò curioso. Il suono del mondo cominciò ad arrivare anche lassù, nelle terre estreme degli invisibili. S'infilava tra i boschi, penetrava i pertugi delle aspre montagne, saliva in cielo per cadere a pioggia di novità sul paese.

Un paese che fino allora poco aveva visto di nuovo. In quel villaggio nascosto tra i monti, tutto era vecchio, secolare, silenzioso. Ma niente di obsoleto o fatiscente. La neve degli inverni invitava alla purezza, il gelo conservava la riconoscenza. Nel frigorifero della natura nulla si deteriora. I bambini erano canti, gli uomini lavoro, i vecchi storti e laconici. D'autunno, venti impetuosi e taglienti pulivano i pensieri levigandoli come rocce. I soli di primavera irrigavano la vita, assicurando buone partenze, lieti raccolti e speranze notturne.

La calura dell'estate eliminava nel sudore ruggini e incrostazioni, portava nel paese la pace della sera. Di notte la voce del torrente gorgogliava ninne-nanne. Le altalene cigolavano all'imbrunire, prima c'era il lavoro. Ogni albero di cortile ne teneva una sul ramo. I bambini dondolavano sotto fiori, foglie, frutti. Armonia delle cose. Meli, peri, ciliegi, noci, susini lasciavano cadere energie buone sul capo dei bimbi volanti.

Nella terra degli invisibili il ferro era bandito dai giochi dei pargoli. Solo legno. Le biciclette appartenevano agli adulti, usate per lavoro, mezzo di trasporto, mai diletto o sport.

Le altalene, simboli della vita che va e torna, furono smantellate dall'acqua tragica. Assieme alle case. Rimase a dondolare spinta dal vento quella dei tre bambini. È ancora là.

In fuga tra monti e boschi e pascoli di remote altitudini, il fratello di mezzo diventava curioso. I venti della sera portavano la voce del mondo. Cadeva sulle case, come neve.

Ne udì il canto di sirena e girò la testa. Voleva vedere, sapere, conoscere. Sul far di una primavera ultima, uscì dal recipiente colmo di suoni antichi e aspro vino. Guardò intorno. Sentiva un insetto nel vento. Il paese degli invisibili era un bottiglione di luce trasparente. La sua forza fu il mistero. Circondato ovunque da alte montagne solitarie, acuminate come punte di coltello, viveva sul fondo del catino, il villaggio. Le case, aggruppate a pugno, stavano dentro quel bottiglione di pietra e cielo, levigato da fatiche e dolori, guerre e tragedie. Il ragazzo s'arrampicò fino al bordo, lentamente, con attenzione, come quando salivano insieme alberi e sassi, monti e pareti. Era sicuro, lo percepiva: esisteva molto altro fuori da quel recipiente di anime in pena.

Il vecchio sente un nodo, qualcosa gli toglie il fiato, respira a fondo, soffia l'aria. Lo sforzo costringe una lacrima che lubrifica occhi screpolati, palpebre secche e malinconia.

Chi vola deve atterrare e non sempre il campo è liscio. Nei sogni, gli atterraggi tragici finiscono nel sollievo del risveglio col cuore a mille. Nella realtà no. Dal bordo del catino, l'insetto aprì le ali e prese il volo. Superò con rassegnata nostalgia le montagne dell'infanzia, i pascoli d'alta quota che li videro pastori, i boschi tenebrosi dove si perdevano tra feste di caprioli e mirtilli. Pesa poco un insetto. Vola e tocca suolo come piuma sfuggita al ciuffolotto. Ma se atterra nell'acqua è morto.

Quello di mezzo atterrò nell'acqua e nessuno lo tirò fuori. Morì. Sarebbe bastato porgere un dito, e tornava di nuovo all'asciutto della vita. Ma non c'erano mani là intorno, di conseguenza nemmeno dita. Se c'erano fuggirono. Questo presume il vecchio, lo immagina, ma di preciso nulla sa.

Accanto al tempo che andava, un'anziana col volto di terra batteva via San Rocco. In mano una ciotola: latte e polenta. Il Santo, che non mangiava, osservava divertito. Un cane di pino cembro gli leccava la piaga sulla gamba.

Il minore dei nipoti mangiava poco. Era piccolo, magro, pallido. Sudava stando fermo. Virgulto stentato, la sua forza era aria. Cercava energie nei fratelli, correndo qua e là. Quattro anni, gli altri un po' di più. A ogni passaggio la vecchia lo imbeccava. Il piccolo rondone deglutiva al volo. Un cucchiaio all'andata uno al ritorno. Polenta e latte.

Prima di volare, le nidiate azzardano il ramo. Lì si fermano, battono le ali, aspettano il boccone. I via vai della vecchia esaurivano la ciotola, il bimbo era sazio.

Suonavano le campane della sera, le rondini danzavano sul filo, il sonno fermava le fatiche. Il vecchio sente sulla gamba l'ombra dell'antica ferita. La piaga di san Rocco. Aveva nove anni quando scivolò da una roccia. Voleva andare su, c'era qualcosa da vedere là in alto. Venne giù senza aver visto. Disinfettante una pisciata del nonno. Infezione. Lunghe cure empiriche, inutili, dolorose. Un anno di garze bollite in acqua e sale, arrotolate pazientemente. L'offerta al Santo, che lo guarisse: quattro patate e una candela, sulla finestra della chiesa a lui dedicata. Niente guarigione, offerta troppo misera.

La magia di una donna, da poco scomparsa trascinando con sé i suoi segreti. Conoscenze e saperi, aiuti senza moneta.

Quanto vuoi?

Niente, chi mette a posto gli altri deve farlo gratis.

Unguento di radici, tuberi misteriosi. La salute pescata sottoterra. Il corpo che tornerà sottoterra a rendere il dovuto. La vecchia col volto di terra ringrazia san Rocco per aver sanato il nipote.

Semmai la donna, obietta qualcuno.

No, il Santo – dice la vecchia –, quella donna l'ha mandata lui.

Gli occhi rossi s'accendono, brillano, non ammettono repliche. Sono i santi a guarire, non le maghe. Ma non era così. Potenza della fede, che spostava montagne e faceva dei santi medici speciali. La gamba tornò ai passi, nuova, pronta ai giri di elemosina.

Chi da bambino ha visto in faccia povertà, miseria e indigenza, diventa un adulto generoso. O tirchio. Diciotto chilometri con la gerla in spalla. La nonna dietro, un ronzare di preghiere, api in volo a ringraziare il divino. Grazie a chi? Al ragazzino non tornavano i conti. Semmai alla maga. No lui, il Santo. L'arrivo al pugno di case affacciate sul torrente. Il verde dell'acqua si rifletteva sui muri.

Il coraggio imparato non sul verticale delle rocce, ma sui pavimenti orizzontali di case sconosciute.

Entra, devi fare coraggio.

Prima tu.

Devi andare tu, io coraggio ne ho fatto abbastanza.

Ottantasei anni, gambe storte, piegate da carichi pesanti. Da bambini le ossa sono molli. Così affermava.

Che devo dire?

Chiedi qualcosa.

Avete qualcosa?

Cosa?

Quello che avete.

Il sole al tramonto segnava l'ora del rientro.

Estate. I passi tornavano indietro, la gerla piena. E quel ronzare di api nell'ombra della sera. Ci vuol poco a imparare, molto a capire. A rassegnarsi non basta la vita. C'è chi ancora non accetta, si ribella alla perdita dell'infanzia, al diventare adulti anzitempo. La ferita dell'abbandono non si rimargina.

Il vecchio diventa serio. Le ribellioni si pagano care. Rivolte di primavere lontane, perdute nell'alcol. Gioventù buttata alle ortiche. Cercare e trovare colpevoli sui quali non possiamo infierire. Tantomeno vendicarci, troppo vicini a noi. Giova il silenzio.

Quello di mezzo di coraggio ne aveva. Lo dimostrò spiccando il volo senza allenare le ali. Il boccone non arrivava, il ramo cedeva, era tempo di partire. Soffiava il vento di primavera per le vie scarse di voci.

Portava sulle case neve polverosa di vette lontane. Le conoscevano. Giocavano a inventare.

Questa viene dal Ludinia. Quest'altra dal Duranno.

Il sole di marzo vedeva nevicare sul paese. Nel cielo limpido, l'azzurro dominava, mentre fiocchi vorticavano. Il vento porta cose fuori stagione, aggiunge quando non serve, toglie dove sarebbe il caso di lasciare. Il vento è un trasloco, qualcosa fa trovare, qualcosa fa perdere. Boschi di carpini e aceri, importunati da faggi e larici. I maggiociondoli in disparte, con le loro gialle nuvole di sole pendenti dai rami.

Il vento d'autunno radunava pittori delusi, falliti, stanchi. Lanciavano tavolozze sui boschi ancora verdi. Gli alberi prendevano colori, opere grandiose. I pittori si riscattavano, diventando eccelsi, immortali. L'autunno dei colori fugaci, dei primi freddi, il lavoro nel bosco. La sterminata mostra all'aperto dava gloria agli artisti ma durava poco.

Novembre era gallerista puntuale, preciso, determinato. Smantellava l'esposizione senza pietà, senza magazzini per i quadri, senza cataloghi o presentazioni.

La natura non conserva. La natura ripete, ripetendo è come conservasse. Roba fresca, sempre.

La luna di novembre sfoltiva il bosco. Ogni tanto cadeva un albero, un altro, un altro ancora. Lasciavano spazi vuoti, come quando muore qualcuno. Il cielo entrava al loro posto, luce nuova, esaltava particolari.

La motosega usata con giudizio per non togliere troppo. Seppur giovani, sapevano il lavoro giusto. Insegnamenti tramandati. Il canto delle manére era diverso. Obbligava al rispetto, al risparmio, al ritorno. Enormi larici, feriti dalla scure, aspettavano il colpo di grazia l'indomani. La sera incombeva. Occorreva tornare presto per non farli patire troppo. Le lune si alternavano, dandosi il cambio. Calante: taglio; crescente: pausa. Per estirpare erbacce serviva crescente.

Era così l'esistenza condotta dalle lune.

Soffiava il vento dell'estate sulle creste affilate. Portava odori di montagne misteriose.

Bisogna andare lassù.

A fare che?

A guardare dall'altra parte.

Il mezzano era prudente ma non bastò a salvarlo. Un agosto lontano fu l'ultimo, assieme all'ultima scalata. Guardarono dall'altra parte in cima al Duranno, picco roccioso che li aveva visti crescere. All'orizzonte, mille guglie, picchi solitari, montagne coi piedi sui pascoli.

Un anno più giovane, una spanna più alto, molto più carino, il mezzano era invidiato dal maggiore. Ma era invidia buona. Niente rancore tra fratelli. Il piccolo ancora non faceva testo. Ma prometteva.

Tornarono a scuola con addosso odore di malga, quel letame che fa nascere i fiori. Roba buona, allora.

Il tempo cominciava a guastarsi. Nuvole minacciose nel cielo d'autunno. Vesciche scure, piene di un inchiostro che scriverà la storia. La storia spietata degli uomini. Le otri nefaste stavano per scaricare il buio della morte. Notti d'attesa. Quando la speranza diventava sottile ascoltavano i rumori. La montagna tremava.

Il vecchio vede un altro vecchio. Due sono troppi, toglie l'intruso dalla memoria.

I maestri danno fastidio quando l'allievo crede di superarli. Imparerà a sue spese che non si finisce d'imparare. Soprattutto non si può dimenticare e far finta di niente. Una ciotola di riconoscenza deve restare nel frigo dei ricordi. Non può essere neve che si scioglie al primo sole. Giova ripescare il passato, stanco di aspettare.

Fu una sera come le altre. Via vai, osterie fumose, qualche canto. Anche la notte come le altre. Fino a un certo punto. L'ora e il giorno si possono omettere. Il rumore no. La montagna non si reggeva in piedi, ubriaca di uomini sapienti. Un misto di cinismo e interessi, di prepotenza e cemento. Cemento davanti, vite umane dietro. Il torrente sprofondato nella sua stessa acqua non cantava più.

Piovve terra sulla terra, terra nell'acqua, terra su duemila fosse aperte.

C'era luna piena, sereno, vento sottile. Quel vento porta ancora le voci scomparse.

Quella notte la montagna inciampò negli ingegneri. Nei geologi, nei tecnici, nei poteri. Le fecero lo sgambetto. Programmato forse no. Riuscito e realizzato sì. Non ci volle molto a cancellare vite, pascoli, boschi e culture. Morti sopra, morti sotto, superstiti fuggiti e silenzio.

La luna piena guardava attonita. Quella notte si fece coprire da una nuvola. Non è più venuta da queste parti. L'ha sostituita una luna nuova, diversa. La vecchia luna non vuole più saperne.

Le vesciche malefiche scaricarono l'inchiostro, pioggia nera per scrivere la storia. La vergogna.

Cessarono i canti della sera, le ore scandite dai martelli sulle falci, il *toc toc* delle asce sui tronchi, il gracidar di motoseghe, il tossire degli anziani sulle soglie.

Le case rimaste: fantasmi di pietra, occhiaie vuote, balconi pencolanti. E quel cigolare di porte arrugginite, sotto il vento delle stagioni. Cigola ancora un'altalena, aspetta quei bambini. Attenderà invano. Sono già vecchi. Vecchi, delusi e stanchi. Aspettano l'ora finale, quella ultima del respiro liberatorio. Pace. Finalmente un po' di pace. Dicevano così.

Venne dalla montagna disossata la certezza della fine. Si entrò nella casa del dolore in punta di piedi, da lì in avanti era d'obbligo il silenzio. E ci fu.

"Un sasso è caduto in un bicchiere colmo d'acqua" affermò una penna famosa. Dimenticò di specificare che quel sasso qualcuno lo aveva buttato con la mano. Nascondendola poi dietro la schiena.

Un altro romanziere la definì "tragedia naturale". Ma quello non era romanzo, era il tragico rapporto di una realtà senza uguali nella storia del mondo. Il mondo degli uomini che distruggono.

Il paese, o quel che restava, si animò di rumori sconosciuti. Uccelli d'acciaio si posavano sui colli, facendo volare le foglie d'autunno. E i panni stesi il giorno prima, per l'ultima volta. Li strappò dai fili un vento di ferraglia, dentro un frastuono sconosciuto. Quei poveri stracci non servivano più. L'altalena oscillò come una volta, senza bambini sopra.

Iniziava il tempo della sottrazione, la tristezza fu cibo giornaliero. I luoghi dell'infanzia diventarono improvvisamente lontani, irraggiungibili, perduti. Adattarsi al cambiamento repentino, brutale, beffardo, non fu possibile. Nel chiasso di città caotiche, in mondi e abitudini sconosciute, non riuscirono a entrare. Restava la lunga disperazione che sfociava nel pianto delle notti senza sonno.

Preti, vigilanti, breviario nel cassetto, zelanti e privi di cuore, udivano i singhiozzi malamente soffocati. Uno strappo alle coperte e in piedi, sull'attenti.

Che hai?

Niente.

Perché piangi?

Non lo so.

Invece lo sapevano.

Non si piange per niente, domani punizione.

E via nella penombra di una luce fioca e triste, senza breviario e senza cuore.

Ragazzi figli di quel popolo. Un tempo lassù viveva gente a posto. Sbraitava ma non odiava, piangeva lacrime asciutte, perdonava senza dirlo. Dimenticavano tutto. Tranne il dolore che tengono ancora dentro come tesoro prezioso. Il dolore può essere d'aiuto, freno a scelte esagerate, blocco a intemperanze e sogni arditi.

Il dolore rende calmi, giudiziosi, moderati. Patire stanca. Ma può rendere anche cattivi, feroci, vendicativi. Il dolore è un martello, può costruire o demolire, difendere o aggredire. Sradicati in una notte dalla loro terra, buttati fuori da un paradiso terrestre – che solo quando lo perdettero, scoprirono quanto fosse bello –, diventarono muti.

Unica voce furono i singhiozzi soffocati in punizioni dai ministri di Dio. Per lunghi anni meditarono vendetta. Una fuga era impossibile, ma pazientavano. La maggiore età avrebbe segato le sbarre. Bastava attendere. Di notte dormivano poco. I loro sogni apparivano al buio, con occhi aperti sul luogo natìo, boschi, montagne, amici. Punizioni fioccavano.

Mal sopportavano discipline e ordini, messe e comunioni, esercizi spirituali e file per quattro. Nel carcere salesiano toccava ubbidire, loro non lo facevano. Li chiamavano pecorai, convinti di offenderli. Invece andavano fieri di quell'epiteto. Al paese avevano capre e pecore, ognuna col suo nome, amate e rispettate come sorelle, gente di famiglia che portava cibo e compagnia.

Come mai, si chiedevano, preti zelanti, deputati a insegnare amore e perdono, tolleranza e carità, insultavano quei bimbi poveri e spaesati, scampati alla morte per chissà quale disegno?

All'alba della vecchiaia, il primogenito capì perché fu risparmiato quella notte. Doveva vedere cose che lo avrebbero provato a fondo, sperimentare fatti dolorosi, conoscere la vita che scappa senza lasciarti nulla tranne una scia di macerie e dolore.

Il più debole, invece, il più sensibile, timido e impacciato, fu tolto di mezzo subito. Non avrebbe retto al futuro. Vi sono anime fragili in balìa del destino. Qualcuno lo chiama avverso, altri brutale e feroce. Quelli che vedono lontano non piangono. Imputano alla pietà del cielo la scomparsa dei fragili.

È caro agli dei chi muore giovane. Così dicono. È quello che vuol pensare il vecchio mentre ricorda. Un modo per accettare con rassegnazione la perdita di un fratello. Se fosse vivo avrebbe un anno meno di lui. Prova a immaginare come sarebbe la sua figura oggi, a settantatré anni. Come sarebbe il loro rapporto, la loro vita, il lavoro di lui rispetto al fratello maggiore che ha fatto mille lavori.

Tante immagini sognate, viste, desiderate dall'affetto. Quale potrebbe essere reale? Quella giusta? Non lo sa. Forse neanche una, tutte diverse da quelle immaginate, tutte forse più banali. O tragiche.

Nella povera famiglia la tragedia era di casa. Talmente di casa che se tutto andava bene per qualche tempo, avevano paura. Paura della vendetta di quel destino beffardo che, sicuramente per sbaglio, aveva concesso un po' di fortuna.

Sulle rive del torrente fiorivano sassi di mille colori. La sfida era trovare non il più tondo o levigato bensì quello dalle tinte migliori. Bianco rigorosamente escluso: troppo facile. La purezza dominava il greto del Vajont come l'animo dei bimbi. Abbacinante d'estate, pallida in autunno. Riscaldata con fiori di brina, dal gelo dell'inverno. Timida a primavera ma presente come gemma.

Il maggiore, opportunista e preciso, ligio alla scuola del nonno, amava le pietre color fegato. Servivano per affilare utensili, collezione bella e rara. Il mezzano cercava il blu. Col sassolino in mano alzava gli occhi al cielo. Quel catino azzurro dell'estate veniva confrontato alla pietra. Se non assomigliava lo scagliava lontano. Dai e dai, uno più lucente gli sembrava buono. Sbagliava, era il cielo cambiato d'improvviso. È difficile trovare il colore del cielo. Non esiste.

Il suo cielo mutò un giorno di giugno. Certe vite variopinte sbiadiscono e scompaiono come sassi colorati travolti dalla piena. Passata l'onda d'urto l'acqua si cheta, il sole asciuga il greto, emergono altre pietre, anche più belle. Le traslocate a forza se le tiene il mare. O le sonnolente foci dei fiumi.

Quelle tenute in mano dai bambini, buttate per assenza di colori, si mischiano alle altre, si toccano, vivono, vanno d'accordo. Il mezzano, travolto dalla piena di miseria, fame, botte e privazioni, finì nella foce della grande città. Fra pietre sconosciute, sassi piccoli, massi colossali, pietruzze e polvere di sabbia, cercò di adattarsi.

Si trovò perla fragile tra pietre ostili, dure, grosse e incolori, che spingevano da ogni parte. Sparì.

La morte è la curva della strada,
morire è solo non essere visto.
Ma se ascolto, sento i tuoi passi
esistere come io esisto.

Così cantava Pessoa nella malinconica speranza di tornare almeno in forma di suono.

Il giovane emigrante non tornò.

Il vecchio ricorda un'altra curva vicino al cimitero, dove a primavera fioriva un maggiociondolo. Il fratello la oltrepassò a marzo, non lo videro più ma scantonò che era ancora vivo. I due rimasti, nonostante il grande tempo trascorso, ne sentono ancora i passi. Esistono. Come loro vivono, i suoi passi risuonano. Lungo le morte vie dell'antico paese, un fruscio leggero di *scufóns*[1] sfiora ciottoli, pietre morte, ortiche e sambuchi.

Spia, ascolta, vaga di qua e di là, torna indietro, non ha meta, è tranquillo. La morte non mette fretta ai suoi figli. Forse cerca qualcosa? Che cosa? Il vecchio prova a indovinare un pensiero del fratello scomparso cinquantacinque anni prima. Lo interroga:

Che cerchi? Cosa vuoi?

Gli pare udire un canto nell'aria della sera. Tende l'o-

[1] Scarpetti di pezza.

recchio e sente il passo dei ricordi, della perduta casa solo una pietra cerca. Quel fantasma cammina ancora, silenzioso, leggero, invisibile, triste.

Vi sono giorni nei quali tutto torna di colpo. Il ricordo si fa acuto, lucente, incandescente. Colpisce fulmineo come la brace lanciata dallo scoppio del ceppo. Vi sono giorni, invece, che uno dopo l'altro compongono i mesi. I mesi fanno gli anni, il tempo s'accumula in date, fatti, gioie, tragedie, dolori.

Dentro quell'entità invisibile, che si manifesta sul volto dei vecchi, nel disfacimento dei corpi, nei cambiamenti di idee e modi di vita, i ricordi non esplodono improvvisi. Cadono lenti, silenziosi come fiocchi di neve. Sprofondano nel bianco che attutisce, li nasconde, li conserva. Il tempo dell'inverno è sempre triste. Loro dormono nella neve per non sentire.

Arriva la primavera che li desta, li tira fuori, li porta al vecchio su piatti di fiori. Fiori da posare sulle fosse dei morti. Il passato si ripresenta con fiocchi di neve che salgono anziché cadere. Come spinti da un vento sotterraneo, s'alzano lenti a imbiancare capelli già bianchi dell'uomo taciturno. A cosa è servito tutto quel dolore? A invecchiare meglio. Dice. S'affaccia l'epoca della riflessione.

L'età che avanza chiede perdono per aver sprecato parole, promesse buttate al vento, i "ti amo" che non stavano in piedi. Cadevano freddi e lenti come fiocchi di neve su neve calpestata, sporca. Gelo nel gelo, freddo su freddo. A volte gratificano più gli insulti che le finte parole di recita. Gli insulti sono veri, onesti. Seppur dettati da stati d'ira, rabbia, delusione, hanno scopi e direzioni precise. Magari tornano indietro a colpire il feritore.

Al vecchio è capitato. Il boomerang degli errori, delle offese gratuite, della cattiveria, è sempre tornato indietro a spaccargli la testa. Ma c'è un ma. All'inizio s'allontanava parecchio prima di fare dietrofront e tornare a colpirlo. Ora non più. Adesso il boomerang della memoria gli gira intorno alla testa, giorno e notte, come un'aureola maligna.

Lo picchia con la sagoma ossuta dei rimorsi, con la falce tagliente dei rimpianti. Il tempo stringe i suoi nodi. La vecchiaia non è corpo che cede, vista e udito calanti, salute incerta. La vecchiaia è voglia di star fermi, non fare più niente, né sogni né progetti. Cautela, prudenza, paura di ripetere errori, paura del boomerang. Rifiuto di pensare al futuro, lasciarsi solamente andare al passato. Con le sue ombre, i suoi orrori, le rare luci di dolcezza.

Tutto questo torna giorno dopo giorno, e anche la notte. Viene a visitare il vecchio. Lo cercano gli amici morti. La sprecata gioventù, l'infanzia povera e spensierata, l'entusiasmo distrutto da fallimenti, tradimenti, tormenti e... colpe sue. Tante. Si osserva nello specchio dell'esistenza. Quel vetro ha una crepa che lo attraversa dall'alto verso il basso. La cicatrice, di riflesso, gli punta il dito, lo rimprovera.

La fessura gli deforma il viso come per aiutarlo a non riconoscersi. Per fortuna, pensa il vecchio. Invece rabbrividisce. Si scopre storto, deforme, falso, inquietante. Il volto dei suoi errori, delle esplosioni d'ira, quando ubriaco insultava la gente nei bar, per le strade, perfino in chiesa. Una frase del Talmud dice: "Umiliare un essere umano in pubblico equivale a versare il suo sangue".

Ebbene sì, lui ne ha versato. Non lo aiuta sapere che centinaia di volte individui senza scrupoli, cinici, spietati, gente senza cuore, hanno versato il suo. Non cerca scuse né giustificazioni. Su quel versante è un uomo onesto, non si può ferire perché si è stati feriti. Il tempo serve al pentimento, non a mettere in logica di ragione le nostre malefatte. La pellicola del passato gira vorticosa, va all'indietro per ripartire dall'inizio.

Piovve terra sulla terra, terra nell'acqua, terra sulle case creando tombe mute. Gente sepolta viva dentro fosse che un giorno furono cucine, stanze, tinelli. Gli altri spazzati via, trascinati, smembrati. Molti mai ritrovati. Qualcuno ancora spera. Cerca tracce di memoria tra macerie scomparse coperte di boschi. Sono gli ultimi cercatori di ossa. Morti loro, l'oblio. Sessant'anni sono passati in fretta.

Il vecchio ricorda. Ferma la pellicola, beve un bicchiere, un altro. Finisce la bottiglia. Riaccende la memoria, vede il film da solo. I ricordi sono tumori a lunga durata. Ognuno ha i suoi. Non ci sono ospedali per quelle malattie. Cancrene corrosive, ruggini che, volendo, si possono grattare via. Ma gratta gratta, il ferro si assottiglia.

I rimasti nella terra degli invisibili vennero raccolti in camion e portati altrove. Tradotti in varie città, sparsi come sementi su campi sconosciuti, non fiorirono mai più. I camosci non si adattano al mare, sulle spiagge non c'è erba, né rocce per librarsi. Resta il cielo azzurro, ma in pianura è più lontano.

La pellicola rallenta. L'uomo vede un ragazzo guardare il cielo col batticuore. Un catino di smalto blu, al centro una piccola stella. Luminosa quel tanto per farsi notare. La notò, ma stava lassù.

Se cadesse, pensava, se cadesse qui vicino a me.

Neanche lo avesse udito, la stellina si staccò dal catino, volò giù come una brace che traccia la scia, e si fermò accanto a lui. Il ragazzo, che forse aveva sedici anni, ma il vecchio non ricorda bene, alzò il braccio e toccò il cielo con un dito. Trovò il forellino da dove era uscita la stella. Quassù non tornerà – pensò – ora sta con me. Aveva un anno meno di lui e brillava di una luce intensa, particolare, luminosa: la brillantezza del primo amore.

Andavano a camminare per boschi, sul greto dei torrenti, in vetta alle montagne. Sulle cime erano vicini al catino azzurro. Lo segnava col dito:

Vedi, sei partita da lassù.

Gli vien da sorridere al vecchio. Prova un senso di pena ma non rinnega la voce del ragazzo. Ora sa quanto sono ridicole le dichiarazioni d'amore dei giovani. Allora non lo sapeva, e le faceva. Le più ridicole non vuole ricordarle.

Ma, come per dispetto, quelle tornano a farlo arrossire. Poi si fa serio, di colpo diventa triste. Prende un'altra bottiglia. Il tempo e le bevute lo hanno fiaccato, voleva smettere. L'alcol corrode come quella famosa ruggine. Ma i ricordi del dolore hanno sete e disdegnano l'acqua. Ora beve con calma, guarda il vino controluce, vede un amico che lo tradisce. Non importa, lo tradì anche la stella e non stava in un bicchiere. Ecco perché s'è fatto silenzioso.

Non fu soltanto un colpo basso ma la distruzione di

ogni fiducia nell'astro lucente dell'amore. Forse quella mazzata del tempo lontano non sarebbe bastata a ridurlo quel che diventò in seguito. Ma, come a dar man forte alla prima, altre stelle s'avvicinarono a lui per illuminarlo un poco. E poi se ne andarono ad appendersi ad altri cieli, di sicuro più sereni, meno tempestosi del suo. Non alzò mai più il dito a segnare le provenienze. Chinò la testa ad accompagnare distacchi, agevolare partenze, accettare sconfitte.

Il primo colpo lo accusò per mesi. Mesi che completarono anni. Ancora oggi, quando ci pensa, accusa. Da quel giorno paragonò tutte le stelle alla prima. E covò odio profondo verso ogni galassia, persino quelle remote, lontane da lui anni luce. Tale è rimasto. Il vecchio stappa la bottiglia. Ha bene in mente il giorno remoto in cui la stellina s'attaccò a un cielo nuovo. L'aspettava sul bordo del campo, nel paese dov'erano sfollati.

I contadini avevano cavato le patate. La terra era nuda, mossa dalla zappa in piccole onde di mare scuro. S'incontravano sempre lì, nel pomeriggio. Vicino al campo cresceva un noce. Sul ramo forte qualche genitore aveva appeso un'altalena. Quel tipo di passatempo ricorre spesso nei ricordi del vecchio. Forse un messaggio? L'andata e il ritorno del destino? O rappresenta la vita sospesa, che oscilla insicura senza sapere dove andare? Non lo sa.

Aspettò fino alle ombre della sera. La stella non brillò. Per ingannare il tempo montò sull'altalena e prese a dondolarsi. Quando nel cielo s'accesero quelle vere, se ne andò. Aggirò quel paese ospitale, diretto verso casa. All'inizio della salita c'era una chiesetta dentro la quale perennemente ardeva una lucina. Arde ancora, qualcuno la accende. Un bisbiglio fece muovere la fiammella. Il ragazzo camminava su scarpetti di pezza, senza alcun rumore. Figlio e nipote di bracconieri, aveva imparato così. Guai battere il piede. Nemmeno il cuoio secco e duro aveva da far rumore.

S'affacciò per curiosità. La sua stella stava appesa a un cielo nuovo, alto, un cielo con baffi spioventi. Il lumino lo descrisse così. Ricevette un colpo di revolver. Il cuore tremò. Fu come una coltellata, una mazzata, una badilata in faccia, tutto insieme. Sono passati tanti anni, ma le parole vibrano ancora:

Che fai, vieni a spiare?

No, no, passavo.

E tirò oltre.

Furono giorni e mesi difficili, anni difficili.

Il vecchio non sorride mentre beve vino rosso. Vorrebbe farlo ma il ricordo s'avviva e lo ferisce. Può sembrare assurdo, dopo tutto quel tempo, conservare ancora la rabbia dell'affronto, della delusione, dell'umiliazione. Ma è così. Crede il vecchio, anzi è sicuro, che l'episodio abbia condizionato l'intera vita del giovane. Tutto il mondo venuto dopo è figlio di quel dolore. Non vi è stata più fiducia nelle stelle.

Si è adattato, non le ha spente, non ha usato violenza. Le ha lasciate emanare luce, a volte intensa, spesso fioca, ma senza mai fidarsi completamente. Finché in tarda età, quando non ci sperava più, quando riteneva tutto superfluo, gli è caduta sul cuore la stella giusta. Quella buona e precisa, quella che gli ha fatto cambiare vita e credere che vale la pena fidarsi, e di conseguenza lasciarsi andare alla sua luce.

Il primo bagliore che si spense, pensa il vecchio, ha origini lontane. Ma non fu così nefasto. Le anime erano quelle di tre bambini sottratti alla luce della stella madre, caduta per legnate. Il cielo non era dalla sua, la fortuna nemmeno.

Prendere o lasciare, viva o morta. Scelse la vita distante dal pericolo. E lontano dai figli. Che nel frattempo morivano di fame. Allora un angelo volò da quelle parti. Non calò dalla volta celeste, stava già sulla terra. Quella terra dimenticata da Dio, dagli uomini, ma ben ricordata dalla maligna sorte del tempo. L'angelo aveva nome e cognome, ali invisibili messe a riposo, preferiva il passo della montagna ripida, svelto, felpato, sicuro. La guerra le passò accanto, ma afferrò suo padre, finito a Dachau per non tornare più.

Lei amava la gente non solo a parole ma coi fatti. Dimorava tra le anime per aiutarle ma, costretta alla fuga, dovette nascondersi. Respirò il profumo aromatico del fieno, sepolta per un anno sotto l'enorme cumulo che riempiva il vecchio fienile. Qualcuno la nutriva rischiando il lager. Passati odio, terrore e uomini feroci, l'angelo tornò tra i viventi. Volava dai tre orfani con pentole di cibo: minestroni, pastasciutte, bistecche. E altro.

La vecchia nonna si vergognava.

Non serve, signora Cate, troppa roba, ne tenga un poco lei.

I miei figli *massapassuss*[2] non la consumano, tenetela voi per piacere, è peccato buttarla al maiale.

[2] Troppo pasciuti.

Grazie, grazie, Dio vi benedica.

Si scoprì molti anni dopo che le abbondanti pignatte di roba non erano avanzi, bensì cibo cucinato apposta per quei tre orfani coi genitori vivi.

D'estate appariva qualche gelato, roba da non credere.

Svelti a mangiarlo sennò si scioglie.

Non serviva dirlo. Stile, discrezione, affetto guidavano quell'angelo dalle ali nascoste nel fienile. I tre crebbero grazie a lei, e crebbero bene, se non proprio felici, di sicuro tranquilli. Come sappiamo, la riconoscenza è sentimento di neve, si scioglie appena arriva il sole. I tre abbandonati scoprirono un frigo speciale dove rinchiusero la riconoscenza verso la donna-angelo.

Sono passati tanti anni. Molte cose sono andate perdute, altre ritrovate. È il trasloco della vita, che sorprende e scompiglia. Vale per i ricordi, gli anni vissuti, le brevi gioie. Vale per rimorsi e rimpianti, tenuti in vita dal dolore di non aver saputo perdonare. Genitori incoscienti, assenti, dovrebbero ricevere il beneficio del perdono. Chi non lo fa si mette più o meno sullo stesso piano. Il perdono si deve sentire, non scegliere. Altrimenti diventa un sistema comodo... per chiudere la faccenda.

Occorre voler bene ai perdonati, avere per loro un occhio di riguardo. Ce lo rammenta la parabola del figliol prodigo. I tre orfanelli non trovarono frigoriferi per i genitori. Ma ora che non ci sono più, ora che finalmente hanno messo in luce quella pace mai avuta, troppo impegnati nella rabbia indotta da alcol e ignoranza, i due figli rimasti li ricordano con affetto. Occasione perduta per stare al passo del cuore che domandava altro.

Il vecchio riempie un bicchiere, vede quei bimbi. Gli cade una lacrima trattenuta da tanti anni. È secca, consunta, sfinita. Le lacrime devono scorrere a tempo debito, trattenerle equivale a seccarle. Quando escono indurite fanno male, graffiano pupille e anima. Non serve asciugarla. È opaca, crostosa, vetro acuminato caduto sulla giacca e là rimasto. Il vecchio non l'asciuga, la manda via con l'indice, ma non è infastidito. Infastidito era quando premevano per uscire e lui le tratteneva.

Infastidito che esistesse il pianto in forma di lacrime. Non si rendeva conto che il suo pianto era asciutto, senza singhiozzi, privo di lacrime, per questo più doloroso.

Un inverno da castigo indurì le voci, fossilizzò le piante, congelò le acque, e chiuse la gente in casa. Accanto al fuoco l'inverno non c'era. I bimbi giocavano coi trucioli, il nonno ne produceva a volontà. Dall'ascia volavano foglie colorate; dal tornio cadevano riccioli gialli che formavano covoni, dalla pialla balzavano lingue attorcigliate che facevano boccacce.

Ogni tanto, bracciate di quei giochi venivano buttate nel camino. Il fuoco prendeva forza, prepotente e improvviso. Saltava di gioia come avesse ricevuto un regalo inatteso. Quella quiete di sere invernali, lunghe e laboriose, riscaldate dal fuoco dei ceppi, è uno dei ricordi più amati dal vecchio. Fuori imperversava l'inverno. Il silenzio dominava le vie illuminate solo ogni tanto dalla fioca luce di una lampadina. Un piatto smaltato le proteggeva, portava un cappello di neve alto due spanne, storto e indurito di gelo.

Il debole tepore della lampada non riusciva a sconfiggere il freddo e liberare il suo protettore dal peso del ghiaccio. Lo aveva soltanto piegato un po'. In quella posizione si era fermato, come un passo senza meta, irrigidito dalla morte, o privo di speranza. La neve intasava vie silenziose e vuote. S'alzava a livello delle spalle di chi usciva a vedere il tempo e rientrava infreddolito. Solo una traccia di sentiero scavato nel bianco incideva quelle stradine solitarie, come il lavoro del tarlo nel candido legno di acero.

Non abbaiavano più i cani. Arrotolati nelle cucce riempite di fieno, aspettavano l'alba per uscire al pallido sole dell'inverno. Anche loro, come le persone, rientravano subito, scrollandosi la neve dal pelo e accucciandosi nel fieno con un lungo sospiro.

Terra dimenticata, la vita si dipanava lenta e difficile, tra il silenzio degli invisibili, il rombo delle valanghe e l'attesa dell'alba lontana.

Tutto è sprofondato nell'oblio, le immagini sembrano nebbie, sogni remoti e confusi. Potrebbe davvero essere solo la fantasia del vecchio a vederli? Non sa, il vino lo fa sbagliare e sbadigliare, s'addormenta sulla panca. Tornano le visioni. Dentro quell'inverno da castigo, tra neve indurita e grida di gracchi, arriva un pacco misterioso, leggero, mittente ignoto, destinazione Erto, Italy.

Lo aprirono curiosi, emozionati, agitati.

Guardate bene l'indirizzo, forse si sono sbagliati, esortava la nonna.

No, i nomi erano giusti, quelli dei ragazzini, niente errori. Apparvero nuvole di lana azzurra, tre maglioncini per loro. Una lettera messa nella manica. Poche righe.

Cari bambini, sono vostra mamma, vi mando da vestire

per il freddo, io sono in Germania, spero di tornare presto. Vostra mamma Lucia.

Tornò sette anni dopo.

Forse li pensava cresciuti di più, o aumentati di peso. In montagna ci si alza in fretta. Quei maglioni andavano bene a un adulto. Li indossarono lo stesso. Parevano con le gonne.

Il vecchio si sveglia di colpo, ha sentito un tonfo.

Passava due volte al giorno la corriera. Gioco era aggrapparsi alla scaletta sul retro e farsi trasportare fino alla curva del cimitero. In quel punto il mezzo era costretto a rallentare. I bambini lasciavano la presa e tornavano in paese. Guai rimanere attaccati oltre la curva a gomito. La corriera accelerava per Longarone, staccarsi diventava pericoloso. Fu oltre quella svolta che finì il calore di quel maglione. Il grande non mollò. Voleva andare più in là, provare altro brivido, sentire velocità diversa. Quando s'accorse di aver osato troppo, fu tardi. Si staccò dalla scaletta, toccò strada e fu sbalzato nella scarpata. Rotolando tra rovi, sassi e alberi di melo, il maglione della mamma finì a stracci. Né valsero i rattoppi della nonna a restituirlo accettabile.

Per il ragazzino fu un lutto. Il ricordo di quella che non c'era finito a quel modo. In due settimane le escoriazioni della pelle, maglione originale creato dalla mamma in nove mesi, si rattopparono da sole. Se la memoria gli riporta rischi e pericoli corsi, uno era quello. Un volo da paura, ma il ragazzo era di gomma. Quello che rimaneva del maglione finì nella cuccia del cane Ursus a tenergli compagnia e calore.

Le stagioni si davano il cambio, una dopo l'altra andavano e tornavano, come le altalene, come i giorni e le notti.

Per loro erano tutte belle. Forse amavano più l'estate ma chissà, anche no. Da piccoli non vedevano differenze nella natura. Curiosi, impegnati a cercare, scoprire, imparare, trovavano sempre il modo di annientare le ore tristi. Ogni stagione regalava ai bambini cose belle. Perché erano loro che le vedevano belle. Passavano nei cieli i temporali della sera. Lampi e tuoni erano stupore, curiosità, brividi, emozioni. Tremavano i vetri nelle stanze, la fiamma della candela infilata sulla bottiglia si piegava impaurita.

Le assi scricchiolavano al passo del nonno che andava a controllare il sonno dei bimbi.

Dormite?

No.

Avete paura?

No.

Soffiava sulla candela e si ritirava nella sua stanza. Quattro pareti in larice che sapevano di tabacco masticato e muffe antiche. Evocavano la malinconica solitudine di vecchiaie scomparse da tempo. Coi solai scricchiolavano madie e comò contenenti poche cose e tanti ricordi.

Sul fondo di una cassapanca, scritta a lapis, una frase con data:

"12 aprile 1945. Fatta da me per te."

Anni dopo, quella "te" se n'era andata, lasciando i bimbi soli. L'autore del manufatto era il padre dei piccoli. Poco prima che cadesse terra sulla terra, terra nell'acqua, provocando morte e distruzione, l'uomo l'aveva fatta a pezzi con l'ascia per darla in pasto al fuoco. Era il 1963.

I temporali di primavera tornavano a cadenze giornaliere. Venti e scrosci cullavano il sonno dei bambini. Di giorno stavano accanto al fuoco finché gli uragani se ne andavano verso le pianure e di loro si udiva soltanto un rombo lontano. Il vecchio ricorda la ripresa dei lavori dopo le sfuriate del tempo. Il mondo pareva vetro lavato, la natura splendeva lucida, il primo verde delle foglie feriva gli occhi tanto brillava tremolando.

Queste le primavere che ricorda. Adesso le guarda, le vive, le aspetta ma gli sembrano cambiate, non le sente come allora. Eppure sono le stesse. È cambiato lui. Parla poco, non s'intromette in discussioni, guarda lontano, si gode ogni minuto dei giorni e beve qualche bicchiere. Pensa agli anni lontani quando assieme ai fratelli ascoltava i temporali. Scoppiavano anche d'estate, quando il caldo imperava, ma duravano poco e parlavano altra lingua.

La voce dell'esuberanza dava luce alle saette, secchiate d'acqua rinfrescavano l'aria. Quando tutto finiva la pace della sera si stendeva sul paese come la coperta della mamma sul figlio addormentato.

Era un giorno d'autunno. La signora Cate di Pilin chiamò i bimbi a fare qualcosa. Dovevano mettere in apposite casse bottiglie vuote di gazzosa.

Il vecchio svuota il bicchiere, si tocca un punto dello stinco. C'è un piccolo affossamento nell'osso.

Avevano riempito alcuni contenitori. Una bottiglia sfuggì di mano e rotolò dietro una lastra di marmo poggiata al muro. Il maggiore, incauto, provò a spostarla. Pesava, lo travolse, finì sotto. Per un pelo non ci lasciò le penne, aveva già una lapide sopra. La testa rimase fuori e se la cavò. Gli resta quel buco nell'osso a ricordargli l'avventura.

Nel tardo pomeriggio, quando il sole mollava la presa, si poteva respirare. A quel punto partivano i canti della sera.

Suoni metallici, ma non erano campane. Falci d'acciaio subivano punizioni di martelli. Ognuna si lamentava a modo suo. In base a tempera, lunghezza, spessore e larghezza, urlavano di dolore con voci diverse. Contava molto ogni mano dei martellatori. La forza ha sempre fatto la differenza, regalando al mondo velocità e tragedia. I tre orfanelli avevano imparato presto a battere le falci. Le loro cantavano malinconia e tristezza. Poca forza, tempi lunghi. Alla fine esibivano rasoi montati sul manico di legno.

Il nonno collaudava.

Bravi, tu però troppa fretta.

Si riferiva al maggiore. Tutta l'estate a falciare, rastrellare, accumulare, legare fasci e portare in fienile. Magri, abbronzati, saette umane, abili, veloci, esperti fin da piccoli, non temevano fatiche. Prendevano il lavoro come gioco. D'altronde non vi erano alternative. Meglio allora divertirsi lavorando a mo' di sfida: chi porta il carico più grosso, chi falcia più veloce, chi fa il cumulo più alto, chi rastrella in minor tempo. Il nonno controllava, consigliava, se notava mosse a rischio vietava.

Il vecchio ricorda, beve ancora. Ha mandato a memoria una poesia di Renata Viganò sui bambini di Marzabotto. Inizia così:

Eravamo bambini dei monti
con scarsi giochi e poche gioie
gioco e gioia era stare dall'alba
davanti alla casa di sassi
ad aspettare il tramonto.
Era gioco badare alla pastura,
era gioia il frumento a mietitura.

Loro uguali: pargoli dei monti, niente giochi e zero gioie. Faticare diventò gioco e lo facevano dall'alba al tramonto. Cena frugale e a letto. La voce del Vajont, col suo perenne gorgogliare, cantava la ninna-nanna. Subito il sonno li portava via, in altri mondi, forse migliori, in sogni quieti senza fatiche, in speranze lontane mai conosciute.

Le finestre aperte sulla valle catturavano i suoni delle notti estive. Rimanevano spalancate fino all'ultimo quando l'aria dell'autunno pizzicava le narici. Salvo durante i temporali, sempre finestre aperte, non di rado qualche pipistrello entrava per una visita. Il cortile s'affacciava sul ripido Baèrt, impervia scarpata dalle fauci sempre aperte. Per falciarlo servivano grappelle agli scarponi. A bordo del cortile fioriva un pero, poco più in là un melo. Piantati dagli antichi resistevano, rallegravano le notti con zaffate di profumo.

A primavera nuvole di fiori entravano in casa turbinando. Magiche notti estive dell'infanzia, dove siete finite? Pensa questo il vecchio. Crocchiavano nei sonni agitati i cartocci di pannocchia dei paglioni. Catturavano i bambini con fragore, allargando le foglie così che ogni corpo cadeva nel suo spazio. E quello rimaneva.

Il nonno alto due metri aveva scavato la sua tana nel paglione come una fossa pronta ad accoglierlo. Dormiva pancia in su, le mani sul petto proprio come i morti. In ultima non russava più. Gli anni lo avevano limato, emetteva solo un leggero sibilo come quando chiamava i suoi cani accanto al fuoco.

Il tempo è passato veloce. Tanti anni volati via senza nemmeno accorgersene. Eppure, quando pensa lontano, il vecchio ha tutto chiaro, vede storie, fatti, gioie e dolori. Le nubi del passato non lo spaventano, quelle del futuro nemmeno, quelle del presente sì.

Come ammaestrati da un richiamo misterioso, tutte le notti sul pero e sul melo si posavano due gufi reali e cantavano.

È le anime dei morti – ammoniva la nonna – son venute a trovarci.

Silenzio. La paura armeggiava nelle serrature, apriva madie, cassetti, porte. Scricchiolavano i solai, qualcuno camminava.

No. Suggestioni, ma il cuore accelerava, il respiro trattenuto mutava ampiezza. Guai muoversi. Le foglie di pannocchia rumoreggiavano, facevano la spia, svelavano il rifugio dei bambini. Allora silenzio. Finché il sonno li ghermiva e ogni paura, batticuore, ansia finivano dispersi nel lucore delle notti estive.

Dopo la tragedia i gufi non vennero più. Qualcuno li aveva privati dei trespoli. C'erano duemila morti che gridavano giustizia non vendetta. Non ci fu né l'una né l'altra.

Un presidente del Consiglio di quella Repubblica alla quale appartenevano le anime morte promise giustizia sulla piana desolata, dove non esisteva più una casa, dove non esisteva più vita, dove la speranza era scomparsa. Pochi mesi dopo, in forma di avvocato, difendeva i responsabili con veemenza. Abile contorsionista; che la terra gli sia pesante.

Sono passati sessant'anni. Agli autori del massacro il silenzio del disprezzo.

Tornarono al paese dopo tanto tempo. Ai ragazzi era parsa un'eternità. Lontani dalle radici, erano alberi morti divelti, tronchi che si spostavano da un luogo all'altro.

Sognavano la casa natìa, i pascoli, le montagne, il torrente che cantava ninne-nanne. Volevano riprendersi quelle memorie che s'allontanavano sempre più.

Torniamo, sussurrò il maggiore.

E tornarono. Ribellandosi al genitore, superarono il valico che separava dai ricordi, aprirono l'antica porta di larice ed entrarono. Muffe e odor stantio, umidità e abbandono, tristezza e solitudine. Per annientare la malinconia mista alla velata gioia del ritorno occorreva solo una cosa: il fuoco.

La legna aspettava da anni che qualcuno l'accendesse. Accatastati sotto tettoie coperte a scandole, pezzi di carpino nero portavano addosso l'odore del nonno, l'untume delle sue mani, la passione del boscaiolo accorto e virtuoso. Erano mani tribolate, artigli da sterpicatore, badili appartenuti a un uomo taciturno alto due metri. Eppure, quando accarezzavano i bimbi, diventavano leggere e delicate come piume. L'affetto non ha pesantezza, il sentimento di protezione s'avvicina con cautela alle ali fragili delle farfalle. Ma i tronchi di carpino scuro, impilati in ordine, secchi da sembrare argento, rivelavano la forza e la violenza delle mani che li avevano spaccati a colpi di scure.

Ogni azione richiede dosi giuste di energie per non fare danni e ottenere risultati. Cercarono sopra il camino la vecchia ascia da spacco. Il pezzo di carpino tremò sotto i colpi ma reggeva l'urto del filo come solo chi è secco, stagionato e duro. Alla fine si lasciò ridurre in stecchi sottili per l'abbrivio della fiamma. Quello di mezzo fumava, aveva l'accendino, il primogenito beveva, e non aveva niente, quello più piccolo aspettava di imparare a bere e fumare. Il vecchio sorride, sa che ha imparato bene, si vedono ogni giorno a ripassare lezioni.

Accesero. Dopo l'energia iniziale calarono tra le fiamme i ceppi che aspettavano da tempo. Ci misero un po' prima di scoppiare in dinamite di calore. La casa si svegliò sbadigliando il lungo tempo del sonno. Muri, pareti, madie e solai scricchiolarono stiracchiando le braccia tenute per anni ferme nel silenzio. La casa s'illuminò nel sole di carpino che sorgeva dal camino. Tramontò soltanto a tarda sera, quando i ragazzi non alimentarono più il fuoco.

Un vecchio tino, in larice, gonfio di umidità come una pancia obesa, iniziò a dimagrire con schiocchi e tremolii finché le doghe non s'allontanarono una dall'altra con brevi sospiri di sollievo. Strette e costrette assieme, senza spazio né aria, finalmente respirarono libertà.

È normale che un mastello debba rimanere umido per non fessurare e spandere l'acqua. Ma il legno di cui è fatto mal sopporta la situazione, non s'adatta a fare il pesce, appena può si stringe nelle spalle come un bimbo permaloso.

Il vecchio guarda la bottiglia che si svuota, ne mette a tiro un'altra. Li aveva visti i bottai all'opera e pure conosciuti. Era piccolo, andava a curiosare, imparare, capire. Rammenta quella dinastia di artigiani. Li vede, gli si parano davanti: alti, magri, secchi come ossi, nasi aquilini. Taciturni. Pareva gli fosse caduta la lingua.

Il motivo di quei silenzi andava cercato altrove. Dalle esistenze antiche dei loro avi avevano ereditato miserie, disgrazie, sciagure, fatiche, patimenti, fame e sofferenze. Materiali che fanno amare la sospensione delle parole. A favore della voce non c'era nulla: gesti, mugugni, cenni. Il bambino riceveva ogni volta la sensazione che provassero un grande dolore dal quale non potevano uscire se non da morti. Eppure con lui si mostravano gentili, premurosi, pazienti.

Tieni questa doga, lisciala con la carta.

Non un verbo in più. Rimarrà un mistero, per il vecchio, come facevano i laconici bottai a non sbagliare di una goccia il contenuto dei manufatti.

Qualcuno provocava:

Fatemi una *barìl*[3] che contiene sei litri e tre quarti.

Quelli non battevano ciglio. Imperterriti, realizzavano la commessa, il cliente misurava e i litri risultavano esatti. Tanto precisi che l'acqua stava a livello del beccuccio. Un cucchiaio in più e tracimava. Era l'epoca dei lavori a mano, delle cose fatte bene, con amore, col virtuosismo imparato dal bisogno. Insegnato dall'undicesimo comandamento: arrangiarsi.

Esperienza dopo esperienza, un fallimento dopo l'al-

[3] Contenitore di forma ovale composto da doghe in larice.

tro, accumulavano il sapere giusto, eliminando quello che rovinava, danneggiava, faceva sprecare tempo senza frutti.

Lo tramandavano a figli e nipoti. E a questo pensiero nel cuore del vecchio si affaccia un cruccio. Sa molte cose di artigianato, intaglio, sculture di tronchi, tecniche di bosco e conduzione delle fasi lunari. Prima di sparire vorrebbe insegnarle a qualche giovane, un ragazzino, o anche adulto. Ma nessuno che bussi alla sua tana per imparare. Lui lo faceva, ma correvano altri bisogni. Curiosava da tutti, memorizzava, incamerava e provava.

Non si sente così importante da dover travasare nel secchio degli altri il suo empirico sapere. È che gli dispiace che, quando creperà, quelle arti semplici ma essenziali vadano perse.

Ricorda il suo maestro Augusto Murer, falcadino, classe 1922. Conoscitore di anime e tronchi, scultore grandioso definito dal poeta Rafael Alberti "legnaio dei boschi". Lui già famoso, con opere nel mondo, alcune all'Ermitage di San Pietroburgo, ospitava quel ragazzo poco più che ventenne. Gli spiegava i trucchi del mestiere con pazienza e dedizione. Saliva a Falcade in autostop, a ogni stagione, con freddo, caldo, pioggia e neve. Una volta nevicava come rare volte aveva visto ed era a piedi. Lo fece salire un prete che non disdegnava il bicchiere. Fecero numerose tappe di osteria. Finirono fuori strada, dentro la neve come lepri che si nascondono.

Beati tempi del bisogno, dove nulla lo spaventava pur di imparare il mestiere. Fece quella spola istruttiva dal '75 all'85, anno in cui il grande Murer ci lasciò.

Tutta l'abilità, il virtuosismo, l'esperienza del maestro sono andati dispersi, tranne una pregevole porzione che ha preso il figlio Franco. Nello studio dell'artista l'allievo rimaneva senza fiato. Dovunque girasse lo sguardo, qualcuno lo fissava. Volti di legno, contadini, boscaioli, operai, mamme dagli occhi dolci e teneri come solo le mamme hanno. E come solo Murer sapeva riprodurre.

Ricorda il soldato nella steppa, cavato da un rovere di oltre due metri, possente, essenziale, avvolto nel pastrano dal quale sbucava il viso. Tratti sicuri, tirati fuori con profonde incisioni di sgorbia larga che potevano stare solo lì. Gli occhi, un colpo ciascuno, sgorbia stretta, otteneva sguardo fulminante, fiero seppur addolorato dalla guerra. Difficile che Murer ripetesse il colpo quando si trattava di scavare un volto. Preparava l'abbozzo generale, poi *toc*, il mazzuolo colpiva e la statua ti guardava. Tutta quell'arte, quella capacità che si faceva virtuosismo, quella dolcezza nelle maternità se ne sono andate con lui.

Ecco perché si dovrebbe travasare nei giovani che hanno passione il sapere di chi ha imparato prima. Qualunque arte o mestiere darlo ad altri. Questo pensa il vecchio mentre sorseggia il bicchiere. Si rammarica perché nessun ragazzo bussa alla porta del suo sgangherato studio. Sarà quel che dovrà essere, dice a voce alta.

Ogni tanto l'altalena cigola sotto il vento. D'inverno resta congelata nella neve. La tavola è sepolta, imprigionata dal ghiaccio. Poche cose sono più tristi di un'altalena abbandonata. Evoca bambini che giocavano, forse erano felici, gridavano, ridevano, si spintonavano. Adesso quei bimbi non ci sono più. Vivono nella memoria di chi li conobbe, nel ricordo dei genitori cui furono strappati.

L'autunno copre di foglie il sellino di legno. La pioggia le incolla al terreno, le marcisce, le tritura. Niente dura a lungo. Solo il torrente, a fondo valle, canta ancora la sua voce. Un suono disperso per anni, annegato nell'acqua di una diga. Ora è ritornato ma più triste, avvilito, meno canterino, lento e rassegnato. Gli uomini non sono riusciti a zittirlo.

Un grande scrittore ha detto che solo ciò che è fuggitivo dura. Perciò a Roma non rimarrà il Colosseo ma il Tevere.

Lo scrittore era Borges. Il torrente dei fratelli, del tempo andato, delle ninne-nanne notturne, dei giochi d'acqua, delle pietre levigate da mani contuse di lavandaie è ancora lì che parla.

Ma il percorso non è lo stesso. Si è sollevato oltre cinquanta metri, per lo sbarramento creato da coloro che fecero piovere terra sulla terra, terra sull'acqua, e morte sui paesi.

Il vecchio ricorda quel giorno che il torrente ingrossato graffiò a lungo le ghiaie biancastre tirando all'aperto cose tragiche che nessuno avrebbe voluto vedere. Oggetti appartenuti ai morti, a chi non c'era più, fuggito in paesi di pianura, città lontane, esilio. Fu al tempo delle alluvioni, autunno '66, e anche dopo. Ogni volta che le *brentàne*[4] si scatenano seppelliscono qualcosa e qualcos'altro riportano alla luce. Come nei traslochi, roba si perde, roba si trova.

[4] Alluvioni.

Saltò fuori un corpo coricato, un pezzo di legno biancastro dalle forme umane. Pareva qualcuno, una donna ridotta a tronco. Nessuno seppe chi fosse da viva, tantomeno da morta. Poi le ghiaie si ricomponevano in un pallore di neve granulosa. Candide e compatte riprendevano quello che per poco avevano lasciato intravedere. Chi aveva trovato qualcosa teneva caro il reperto sul quale riflettere, ricordare, rimpiangere. Vi fu gente che fino alla morte aspettò le *brentàne* sperando disseppellissero qualche traccia dei loro cari. Niente corpi, mai più. Soltanto oggetti.

Un montanaro cercava la mamma e i fratelli. Risuonarono di nuovo i rintocchi della campana, spazzata con l'intera chiesa e frazione San Martino. *Din din*. Tenuta in braccio dall'uomo che cercava fratelli e mamma. La portava come si porta un bambino rapito e ritrovato. Lei parlava, ringraziava ma non rideva. Chi ha vissuto l'orrore non ride, chi ha urlato di terrore diventa muto, chi è scomparso non esiste. Coloro che hanno fede, vedono i morti sorridere da qualche parte, altri no. Le ghiaie di quel torrente schiacciano misteri. Giù nel profondo, dove i sassi non sono bianchi ma scuri, e le tenebre sgomitano tra loro, e i ricordi portano il peso del tempo, ci sono i morti.

Vorrebbero gridare "Siamo quaggiù" invece sussurrano "Speriamo".

Li copre la terra immensa di quel che è stato, dentro la fossa del comune destino.

Sperare nelle *brentàne* per avere qualche gioia è triste. Come sperare di contrarre una malattia perché qualcuno venga a farci visita. Vivevano in un mondo arcaico dove tutto aveva sapore di mistero. L'odore del fieno nascondeva qualcosa di già stato. I fratelli intuivano ma non riuscivano a decifrare. Nei boschi d'autunno giravano le *strìe*.[5] Vorticavano nelle radure sollevando foglie e pagliuzze. In quel silenzio ovattato, già si respirava inverno, e loro percepivano presenze dentro i piccoli vortici.

Le foglie secche crepitavano girando, erano voci, bisbigli, racconti di lingue indecifrabili. Chi erano? Da dove venivano quei sussurri? Perché non prendevano corpo facendosi vedere? I ragazzini, incantati dal fenomeno, si fermavano raccolti in silenzio, pieni di domande inquietanti. Poi il girotondo del vento finiva, le foglie, come tordi colpiti da una fucilata, cadevano sul terreno e le chiacchiere si spegnevano di colpo. Lo stesso succedeva coi vortici d'acqua, ma quelli, anziché emozionarli, turbavano i fratelli. In paese le chiamavano *pìrie*, che vuol dire imbuti. Giravano come le *strìe* ma nel centro aprivano un buco. Infilando la mano, non si bagnava.

L'acqua verde delle pozze, lungo la valle, dove il torrente faceva la grande ansa, ogni tanto si metteva in moto. Allora nascevano le *pìrie* e andavano a spaventare i ragazzi. Avevano paura di essere inghiottiti. Soprattutto quello di mezzo, che non voleva infilare la mano per timore di essere trascinato dentro. Pensa, il vecchio, con un po' di tristezza, che il ragazzino forse intuiva che altra acqua, in una città foresta, molti anni dopo, lo avrebbe tirato dentro per sempre. Era un'ac-

[5] Streghe.

qua piatta, liscia, ferma, senza le *pìrie* che lo spaventavano. Eppure! Si fidò probabilmente di quella superficie tranquilla, che non incuteva timore.

Ma sul bordo della piscina c'erano bottiglie rotte, macchie di sangue, forse l'acqua non ebbe alcuna colpa se non la pietà di accogliere il suo corpo.

Leggevano i fumetti di "Tex" e "Zagor" che uno zio magnanimo e lungimirante gli regalava dopo averli letti. Beato il tempo delle illusioni, dell'innocenza creativa, dove senza troppi sforzi ogni sogno pare possibile. Almeno a loro pareva così. Si erano messi in testa che il torrente contenesse oro. Leggere fumetti serviva a credere, sperare, tentare. E sognare di diventare ricchi, aiutare i nonni, non andare più a chiedere elemosina nei paesi della valle. Si attrezzarono di setacci fini, che il nonno peraltro fabbricava per venderli. Cercarono il benessere nella valle del Vajont senza ovviamente trovare un filo d'oro. In compenso la bellezza dei luoghi, il colore dell'acqua, le montagne che s'alzavano intorno come lame di coltelli, l'antica baita sull'ansa costituivano già di per sé una grande ricchezza. E lo sapevano.

Allora, visto che non appariva nemmeno una pagliuzza, chiesero al torrente qualcosa che aveva, e poteva dare. Il vecchio pescatore Chino metteva la mano sugli occhi per attenuare il sole. Vedeva poco ormai, e avrebbe vissuto altrettanto poco. Fece in tempo a istruire i ragazzini nell'uso della lenza, fare i nodi all'amo, trovare esche giuste. Regalò loro il necessario tranne le canne. Sostituite da flessibili bastoni di nocciolo. Oro niente, trote sì. Al mattino cercavano pepite scrutando nei setacci. Pomeriggio fuori i noccioli, lenze, vermi e via nelle pozze.

Il maggiore aveva un altro maestro, che il sole invece lo fissava sprezzante. E non temeva nulla, nemmeno la morte. Tanto è vero che la cercò. Quello non pescava con le canne, faceva saltare pozze e dighe naturali con dinamite. Le trote venivano a galla, le mettevano nella gerla e tornavano a casa. Emozionanti attese prima dell'esplosione. Ragazzo e maestro dietro un masso, batticuore e paura il primo, sigaretta e indifferenza il secondo. Quanto ha imparato il piccolo dagli sciagurati maestri? Molto. Cosa ha imparato? Tutto. La bilancia è ancora sul pari: tanto di bene, altrettanto di male.

Gli è bastato fare due mucchi, come quando coi nonni separava i fagioli buoni da quelli guasti. E patate, pannocchie, mele, noci eccetera. Sempre mucchi separati: il bene da un lato, il male dall'altro. Ma i due a volte erano troppo vicini, rischiavano di mischiarsi di nuovo. Ha tenuto da conto il mucchio buono, cercando di farlo crescere giorno dopo giorno, anno dopo anno, con le cose migliori. Non sempre è stato possibile. Come nei buoni campi, spesso fiorisce la gramigna, precipita la grandine, il vento abbatte i raccolti, i temporali piegano gli alberi scarnificando le radici.

Sono ancora in piedi – pensa il vecchio –, ho visto la morte tante volte, non mi ha fatto paura. Paura mi prendeva quando vedevo morire gli altri: amici, parenti, famigliari, sconosciuti. Morire in certi modi spaventa chi è vivo. Si immagina al posto di quelli, e pensa che potrebbe toccare a lui. Toccherà anche a me – conclude il vecchio – sto solo aspettando. Come reagirò?

Non ho più la giovinezza ma le gambe non tremano, quel che trema è il cuore.

Versa il vino nel solito bicchiere. Lo usa da anni, beve da anni. Da quando, bambino, il nonno lo iniziò.

Non trovarono oro, nel torrente, ma il vecchio è ancora convinto che ci sia. Trovarono però cose preziose: spazi aperti, aria pulita, salti di gioia, arrampicate sui massi, le trote d'argento. Trovarono, insomma, qualcosa che poteva chiamarsi libertà. Allora non sapevano fosse quella roba lì. Lo scoprirono quando il destino li recluse per anni. Si apprezza la salute quando arriva la malattia. Si conosce il dolore nelle perdite care, dove chi parte non torna. Di solito si parte uno alla volta. O due, tre, quattro o di più. Dipende dal caso. Lassù, nelle terre desolate, partirono in duemila. Pochi minuti e se ne andarono senza salutare. Di notte, addormentati sul treno della morte. Il viaggio non era programmato, nemmeno ciao con la mano.

Era il tempo che i boschi cambiavano colore, dietro il larice l'autunno sporgeva il naso. La luna di ottobre aveva gonfiato il petto. Pareva dovesse cadere da un'ora all'altra. Aspettò il momento senza saperlo. Stava lassù, tranquilla. Vedeva i camini fumare, sentiva la campana della sera, qualche famiglia diceva il rosario. E poi basta, solo il silenzio di quelle ore sospese. La luna fu oscurata d'improvviso, da qualcosa scagliata nel cielo. Forse non era ancora luna piena. O sì. Pochi si ricordano, nessuno possiede il calendario del tempo. Pareva acqua ma non tutta. Fu un misto: malta d'acqua impastata con trecento milioni di metri cubi di terra.

La forza mite e lenta della terra deturpata dagli uomini, innescata dal detonatore dio denaro, scoppiò mutando la mitezza in cataclisma. Il nonno ammoniva i nipoti: guai modificare la natura delle cose, prima o dopo torneranno indietro a farvi male.

I bambini non capivano. Usava allora esempi semplici: un albero sta in piedi con le radici abbrancate al terreno, sì o no?

Sì.

Quella è la posizione naturale. Non è un pericolo, non fa male a nessuno, lo muove il vento ogni tanto, sulla cima.

Sì.

Ma se noi lo seghiamo alla base questo si mette a camminare. Tagliandolo gli facciamo le gambe e i piedi con le scarpe. E allora questo albero si mette a camminare senza sapere dove andrà. Non gli abbiamo fatto gli occhi, si muove a casaccio, vi può saltare addosso. Capito?

Sì.

Ascoltavano impauriti, incuriositi, insonnoliti.

E perché vi salta addosso?

Non sappiamo.

Perché tagliandolo gli abbiamo tolto la condizione naturale: quella di stare in piedi.

Così il nonno, alto due metri, da lassù versava sui bambini il sapere d'esperienza, prudenza, giudizio e attenzione.

Giocavano con le pietre. La posta era colpire un barattolo di latta a bordo del campo. Le meteore bianche a volte cambiavano strada. Il mezzano venne colpito in testa. Paura, sangue, fuga e corsa dal dottor Gallo a ricucire. Erano orfani di genitori viventi, bambini dei monti con scarsi giochi e poche gioie.

Ce àsto fat?

I ma biscè 'n perón.

Rangete![6] concludeva il nonno.

Si arrangiavano eccome.

I sassi devono stare in terra, se li butti per aria gli togli la natura e ti saltano addosso.

Il nonno paterno di quei ragazzi era analfabeta, e anche la nonna. Nati entrambi nel 1878, firmavano tracciando una croce.

Eppure quel vecchio alto e taciturno aveva già fatto sua l'intuizione del giovane filosofo goriziano Michelstaedter, lasciata al mondo nel libro *La persuasione e la rettorica*. Si sparò a ventitré anni, dopo aver firmato la tesi di laurea che era appunto *La persuasione*. Le pietre devono rimanere per terra, se le sollevi come minimo ti cadono sui piedi.

Ma i bambini non sentivano ragioni. Volevano capire, imparare, e per far questo occorreva provare, sbagliare, farsi male. E se ne fecero. Cadute da rocce, incidenti a fare legna, tagli con la falce, la roncola, sgorbie, scalpelli, asce. Tutte ferite non gravi, ma servivano cure e punti di sutura. Solo qualche angelo o miracolo impedì che filassero all'altro mondo.

D'estate, barbieri estemporanei senza arte né parte li rapavano a zero. Più che tagliare glieli strappavano con macchinette arrugginite. Quelle teste giovani, vi-

[6] "Che hai fatto?" "Mi hanno tirato un sasso." "Arrangiati."

vaci e ribelli sembravano meloni istoriati a geroglifici tanto erano piene di cicatrici dalle forme bizzarre.

Sotto il giro del tempo e delle lune, veniva l'inverno a seppellire tutto. Neve su neve, silenzio antico, lampadine fioche agli angoli delle vie sepolte di bianco. Dalle case filtravano lucine altrettanto fioche regalando al villaggio un senso di magia e mistero. I fumi dei camini salivano a mescolarsi con le nebbie invernali o coi fiocchi delle nevicate. Nessuno usciva dopo l'imbrunire. Il buio veloce delle notti invernali calava sul paese come una coperta scura. Il mondo della montagna pareva addormentato, o che si fosse nascosto da qualche parte. Ma, tendendo l'orecchio, si potevano udire brusii leggeri, sussurri, colpi di artigiani dati piano per non far rumore.

Era come non volessero disturbare il pacifico silenzio dell'inverno e quella serenità che si posava ogni notte sul paese come le nevicate. Occorreva impegnare le ore, si faceva tardi all'attenzione dei lavori in legno, le vecchie confezionavano calze, maglioni o *scufóns*.

Passava il tempo silenzioso, ognuno intento alle proprie faccende, con la musica leggera della neve crepitante sulle tettoie. I bambini volevano imparare tutto. Così la nonna insegnò loro a fare calze di lana e maglioni variopinti con fili recuperati da altri capi, logori e disfatti. Il maggiore ci aveva preso gusto, sferruzzava di continuo, faceva calzetti anche per il fratello minore, ancora piccolo per imparare.

Una zia sordomuta, sorella del nonno, mise il maggiore alla macchina da cucire, una Singer a pedali tutt'oggi funzionante. Imparò a rammendare vestiti e altri capi, in verità molto pochi. Diventò in breve tempo specialista di *tacóns*, le pezze che dovevano coprire i buchi larghi dove ormai il tessuto mancava. Così trascorrevano le sere dei lunghi inverni montani. Tiravano avanti fino a mezzanotte e oltre, col fuoco che ardeva nel camino alimentato da ceppi di carpino. A un certo punto le due vecchie iniziavano a *cucare*. Significa che s'addormentavano sedute finché la testa non cadeva sulle ginocchia. Allora balzavano su di colpo come zampilli scuri e parevano terrorizzate. Poi capivano che non era niente e riprendevano il sonno. Dopo un po' la testa, coperta di fazzoletti neri, cadeva stavolta tra le scarpe e sobbalzavano di nuovo. Andavano avanti così per lungo tempo prima di segnarsi e guadagnar le camere. Anche i bimbi cominciavano a sbadigliare. Uno alla volta prendevano la scala scricchiolante e finivano nel grande paglione di foglie. Il nonno batteva ancora qualche colpo, fumava l'ultimo toscano e spariva. Dormiva da solo nella camera alta. Non voleva saperne di stare in sonno con la moglie. Diceva che bisogna dormire soli se si vuol stare in pace. Forse quelle affermazioni entrarono prepotenti in testa al nipote maggiore, visto che ha sempre dormito in solitudine anche sposato.

Più probabilmente è stata questione ereditaria, qualcosa che il nonno gli ha trasmesso nel DNA. Gente che amava vivere con poche persone intorno, meglio se con nessuna.

Veniva l'ora del riposo, il paese s'addormentava pensando alle opere del giorno dopo, ai lavori urgenti, a spalare le vie, portare letame sui campi coperti di neve. La casa dei bambini s'accucciava nel silenzio delle notti invernali. Nessuno fiatava più.

Il maggiore faticava a dormire, fin da piccolo soffriva d'insonnia, anche oggi che ha passato i settanta perpetua quel problema. Due, massimo tre ore e stop. Il vecchio versa vino, riflette, è contento.

Ho vissuto quasi il doppio di chi dorme dieci ore, pensa tra sé.

Nella veglia, che non è mai stata un peso, ha fatto tante cose: scritto libri, creato sculture, letto migliaia di pagine, bevuto bottiglie di vino e, più avanti, guardato la televisione. Non si è lamentato del poco sonno. Mai ha pensato di chiudere gli occhi tramite pasticche. Reputa l'insonnia una fortuna, un regalo, un bene prezioso da coltivare e usare.

In quelle remote notti invernali, ricorda il sonno latitante che gli faceva ascoltare ogni rumore. Lo scricchiolio delle assi che si stringevano una addosso all'altra appena il fuoco diventava cenere. Il russare del nonno, il girarsi nel paglione di foglie che crepitavano e poi tacevano. Gli sembrava emanassero luce come lame fosforescenti.

Beati anni del non sapere, dello scarso conoscere, dove tutto diventava novità, insegnamento, cultura, bagaglio di vita. A volte calava il vento dalle montagne, la notte si muoveva, la neve smaltava i vetri, i cani abbaiavano. Pareva imprecassero contro Eolo, venuto a disturbare il loro sonno di fieno. Dalla stalla presso casa, sentiva lo scrollare della catena che teneva legata la mucca. Nemmeno lei dormiva, si chiamava Bezàra, nutriva i bambini con latte, burro, ricotta e formaggio. Il maiale non c'era più, ucciso a Natale dal nonno, esperto norcino, assieme ad altri energumeni che quando ammazzavano gli animali pareva fumassero una sigaretta, tanto per loro la morte era normale.

I bambini non capivano quella normalità, quel sorriso cinico mentre sopprimevano vite. Con la stessa indifferenza stendevano conigli, polli, vitelli, tacchini e tutto ciò che respirava e doveva morire per dare continuità di respiro ad altri.

Quei tre orfani di genitori viventi si affezionavano invece agli animali, unici amici nelle stagioni d'abbandono e solitudine. Sottrarre loro quel sostegno significava tristezza e paura. E non potevano dire niente, guai opporsi, protestare mai, silenzio e mettere via il dolore. Per fortuna c'era bestiame che durava a lungo, le vacche ad esempio, le capre, ma il povero maiale teneva loro compagnia nemmeno un anno.

I bambini sentono la mancanza d'affetto. Percepiscono il vuoto dei non amati. Affacciati al bordo dell'abisso s'aggrappano agli unici esseri viventi che possono sostenerli: gli animali. Quelli non tradiscono, rimangono accanto, s'affezionano, fanno compagnia. Sentono il dolore dei bimbi e lo attenuano, leccano loro le mani, premendo il muso buono contro di loro. Nella terra degli invisibili, dei dimenticati, nella terra dell'eterno dolore e della perduta gente, hanno salvato esseri umani più gli animali dei medici. Prima di tutto i cani, che danno affetto, amore, fedeltà e sicurezza a ogni vita che respira.

La solitudine di quegli inverni d'antan avvolge ancora il vecchio nonostante compagnie chiassose, notorietà e libertà dalla miseria. Il tatuaggio dell'infanzia segnata dal dolore, quell'ombra invisibile nota soltanto a chi ci è finito dentro, rimane ad avvolgere corpo e mente come un sudario senza scampo. Il vino può ottundere i ricordi, per qualche ora far dimenticare il passato, addirittura muovere al sorriso. Ma quando si spegne la luce per cercare nel sonno il buio della memoria, tutto torna a mulinare nella testa confusa, tutto si moltiplica e ingrandisce. Non sempre il sonno giunge a togliere i pensieri. Produce a volte incubi che generano terrore.

La luna di gennaio passava sopra l'abbaino, accendeva il vetro di luce. Il maggiore fissava la moneta d'oro scoprendo quanto era veloce il girotondo della Terra. Pareva tutto lento nelle giornate di lavoro, lungo le stagioni difficili della miseria. Soltanto la luna dava l'esatta misura della velocità di quel globo pieno di gente e animali che girava nel vuoto del nulla. Quando dormivano nella camera sotto l'abbaino, la luna fuggiva di sghembo e durava poco. Ma lasciava la sua traccia, un alone di luce che pennellava la camera d'oro.

Un piano più in basso la vecchia filava lane varie offerte da due pecore. Udivano il ronzio dell'arcolaio nel suo monotono andare. A un punto della notte scricchiolavano le assi del solaio. *Cri cri.* E poi più nulla, la nonna era andata a dormire. Sovente si lamentava nel sonno come se provasse dolore o la visitassero brutti ricordi. Guaiva per qualche attimo come un cagnolino spaventato. I bambini aspettavano il lungo sospiro che la liberava dagli incubi per farla riposare. Quando la notte lasciava spazio al sonno, e pure lei si metteva a nanna, e i suoi rumori tacevano, si percepiva l'eterno silenzio dell'inverno. Per qualche tempo nulla veniva a disturbare le case, gli uomini e l'antico russare dei vecchi.

Dalla valle l'aria tagliente di gelo portava nella camera dei bimbi la voce del torrente. Il maggiore ascoltava quella ninna-nanna che lo depositava per qualche ora nel mondo dei sogni. Gli altri fratelli dormivano già, forse a loro interessava meno il canto del Vajont, si ritiravano nell'oblio del sonno per non pensare alla mamma fuggita e alle infamie degli adulti. Il nonno per loro era un angelo antico, privo di ali e con favoriti alla Francesco Giuseppe. In gioventù era stato in Austria e ammirò fino alla morte l'Imperatore. Un suo fratello sotto Cecco Beppe ci rimase trentadue anni.

Poi tornò a casa e morì tagliando il grande faggio della Val da Dìach. Tragiche vicende hanno accompagnato quella disgraziata famiglia.

Il vecchio versa ancora vino, ricorda di aver chiuso in un libro la storia di Santo Corona della Val Martin, fratello del nonno. È uno dei testi di cui è orgoglioso, assieme a *Fantasmi di pietra,* dove narra le occhiaie vuote di case senza finestre, ortiche e sambuchi nei cortili, tetti sfondati e silenzio di morte.

Ricorda la voce del torrente che veniva meno giorno dopo giorno fino a sparire del tutto. L'acqua di una diga s'alzava inesorabile inglobando nel suo crescere il canto del Vajont. Fino ad arrivare all'ultimo fievole sussurro e poi muto per anni.

Il nonno dei bambini voleva bene in maniera primitiva e strana. Pochi entravano nel suo cerchio di solitudine, forse solo i nipoti. E nemmeno sempre. A volte li allontanava in malo modo salvo pentirsene subito e richiamarli con un gesto. Era capace di ire da paura senza proferir parola. Al nipote più grande dava l'impressione di un irsuto cane che amava solo il padrone e azzannava tutti coloro che gli giravano intorno. I padroni di quell'uomo taciturno e solitario erano i tre ragazzini, per il resto solo nemici. Qualche remoto dolore lo aveva reso così aspro da costringere la gente a stargli alla larga. Forse non fu solo dolore ma fallimenti, tradimenti, delusioni, colpi bassi della vita e degli amici.

Una notte d'inverno, mentre la neve turbinava sotto la spinta del vento e i vetri tintinnavano, nonno e nipote dormivano assieme nella camera di mezzo, foderata in larice e ciliegio antico. Il vecchio destò il nipote per raccontargli un episodio della vita.

Tèindeme canaj, cugn dite alch.[7]

Si mise a parlare sottovoce.

Narrò una storia dolorosa e drammatica che lo costrinse a letto un anno. Assieme a due amici aveva fondato una società per vendere porta a porta piumino d'oca. Serviva per imbottire il corredo nuziale delle novizie, donne nei pressi del matrimonio. Lavorarono sodo cinque anni senza un giorno di pausa. Terra di vendita il Trentino. Si spingevano fino ai più remoti villaggi del Tirolo. Alla fine racimolarono un bel gruzzolo che divisero in parti uguali. Il richiamo del paese, delle loro montagne e degli amici di osteria li spinse a sciogliere la società e tornare a casa. Due misero a frutto il guadagno comprando ognuno una campagna nel Basso Veneto.

Il terzo, che diventerà angelo custode dei bimbi, depositò la sua quota in una banca di Trento. Che fallì. Nel

[7] "Ascoltami bambino, devo dirti una cosa."

1910, l'uomo perdette trentamila lire. E si ammalò. Un male misterioso, sconosciuto. Una debolezza del corpo da non poter muoversi né camminare, sostenuta dalla malinconia più cupa. Rimase un anno steso sul letto, senza appetito né voglia di vivere. Questo raccontava al nipote maggiore. Lo riteneva degno di sapere. Non che gli altri fossero da meno, solo perché intuì che il primo avrebbe tramandato. Così è stato.

Era un villaggio fondato sulla neve. Il maggior ricordo dei bimbi era bianco come in quegli anni le loro anime. Col tempo son diventate scure di tristezza, non di cattiveria. La neve, calpestata, stropicciata, frantumata da scarpe infangate, diventa nera. Tutto si sporca col trascorrere delle stagioni. Nascere già contaminati dalle ombre forse sarebbe vantaggioso. Chissà.

Vivevano in un regno di anziani, attorno a loro tre vecchi silenziosi e stanchi. Due donne e un uomo: la nonna, una zia sordomuta, il nonno. Esploravano la cucina con pentole e padelle, senza una parola. Davano l'impressione di voler sopravvivere soltanto per tirar fuori dalle difficoltà quegli orfani di genitori vivi.

Infatti, quando i bimbi furono autonomi, si lasciarono morire uno dopo l'altro. Esausti e sfiniti, non servivano più.

Nei ricordi del maggiore quei volti rugosi tornano ogni notte a cercarlo. Gli sorridono come quando erano in vita. Parlavano poco, le loro voci erano sorrisi, più efficaci delle parole. Lasciavano intravedere negli occhi la dolcezza, come l'acqua che scorre sotto il torrente ghiacciato. Con quei sorrisi provavano a mascherare il dolore. Ma si udiva, come la voce del torrente sepolta nel ghiaccio. Il nonno, nel suo lungo lavoro di artigiano, aveva consumato sgorbie e scalpelli fino al manico. Fila e affila, l'acciaio si consuma. La vita è una sgorbia.

Quando non rende bene occorre affilarla. Un continuo partire da zero. Con filo nuovo, vita nuova, speranze nuove, avanti così. Poi succede che il tronco più bello e pulito abbia inglobato un sasso, un fil di ferro, una scheggia di granata delle guerre passate. La sgorbia si sbreccia, tocca affilarla di nuovo.

Mai fidarsi dell'esterno – ammoniva il nonno –, bisogna scrutare il di dentro.

Non sapeva che per vedere l'interno occorreva usare un attrezzo, che poteva incontrare la scheggia. Vivere è scolpire un tronco. Ognuno il suo. Legni nobili, di scarto, pregiati, senza valore, esotici, nostrani, duri e teneri ma sempre tronchi. Essenze che possono contenere sorprese e rovinarci la sgorbia.

Nessuno scultore della propria vita sa quel che troverà intagliandola. Nonostante disegno, bozzetto e progetto, uscirà quel che sarà stato capace di cavare incontrando sassi, schegge e fil di ferro.

Quei vecchi uscivano alla luna per capire i tagli, le semine, mettere le uova sotto la chioccia, potare gli alberi da frutta e invocare fortuna. Nelle notti di primavera, quando la moneta d'oro era piena, la zia sordomuta, ottanta passati, faceva la treccia di fieno per tener lontani gli spiriti maligni. Vivevano in un mondo arcaico e misterioso fatto di magie, superstizioni, riti stregoneschi e ciocche di capelli bruciati per allontanare le *strìe*.

In quell'ambiente crescevano i bimbi. Molti rituali formativi, i superstiti se li portano ancora addosso, uno è morto e non gli servono più.

L'inverno passava con gli occhi dei capifamiglia rivolti al cielo, alle cataste di legna, al fieno nei depositi. Quando tutto veniva a mancare: cataste, scorte, fieno e forze, e il cielo iscuriva più tardi, allora i galli cantavano prima, percepivano che l'inverno era alle spalle, e danzavano sulle galline. Non si sa se gli uomini danzassero sulle donne. Di sicuro la primavera svegliava la vita, gli istinti, la forza e la speranza. Ma quelli non danzavano sempre.

Ricorda, il vecchio, i ponti delle rive. A primavera si liberavano dal ghiaccio facendo posto a teneri fiori subito calpestati da scarponi contadini. Appena fuori da ogni placenta la vita diventa poltiglia. Quei ponti univano come baci le labbra scoscese del Vajont e del Vail. Quando furono spazzati via, gli uccelli non cantarono, urlarono di dolore. Gridarono tre giorni, poi migrarono lontano. Non sono più tornati. Nessuno si è curato di spargere le ceneri di quel paese sui monti della memoria. Il monte di acqua e terra ha provveduto lui stesso a disperdere gli uomini lontano, disintegrati, senza fiori né tombe, mai più ritrovati.

A dire il vero, non serve spargere ceneri in qualche luogo. L'anima parte in volo e atterra nel posto che amava colui che la teneva in corpo. Spesso non esce dalle case vuote e mute, dove un tempo gorgogliavano voci di bimbi. Sta lì ad ascoltare ancora. Tiene orecchi aperti per l'eternità. Superstiti partirono con vite e masserizie ficcate in una borsa. Che senso ha cercare qualcosa quando si è perso tutto? Solo il necessario per l'igiene. E qualche fotografia. Quella tragedia immane che provocò duemila vittime innocenti venne a sollevarli dal labirinto della miseria.

Ebbero scarpe, vestiti, cibi mai assaggiati, giocattoli. Ma era meglio restare nell'indigenza, e vedere ancora la valle nelle sue verdi primavere, silenziosa e gelida nel pugno dell'inverno, fiorente e radiosa alle fienagioni d'estate, malinconica e mite negli autunni ventosi, che rubavano agli alberi foglie multicolori.

Un inverno lontano, ormai sepolto dalla neve dell'oblio, apparvero in paese due zampognari. I bimbi si spaventarono davanti a quelle figure inquietanti. Suonavano nenie di Natale, anche se non c'era neve e la festa era ancora lontana. Impassibili, rigidi nei tabarri, cappello a punta calcato sugli occhi.

Premevano col braccio le otri di pelle per cavarne suoni acuti, striduli, poco dolci per dare gioia al Natale. Ciò che impressionò forte i bambini fu il loro andare per le vie col passo lento senza calare gli occhi su nessuno. Guardavano avanti e andavano, finché il suono si spense oltre la curva del cimitero, dove a primavera fioriva quel maggiociondolo. Calzavano zoccoli di legno con tomaie alte alle caviglie. Facevano anch'essi un suono particolare, crostoso e duro, sui sassi delle vie. Il maggiore ricorda ogni metro di quei suonatori misteriosi e impassibili. Camminò su quelle pietre da bambino.

Tuttora muove passi sui ciottoli levigati dal tempo e da fatiche millenarie. I fratelli non facevano rumore camminando. Calzavano *scufóns*, i formidabili scarpetti di pezza confezionati dalle donne. Leggeri e silenziosi, più che camminare decollavano, volavano. D'inverno mettevano galosce di legno. A differenza degli zampognari che battevano il selciato, loro danzavano sulla neve e le scarpe di acero diventavano mute. Beate nevi d'antan che assorbivano e silenziavano tutto!

L'omertà della neve stava nei cuori, ma tradiva i bracconieri segnando l'orma che rivelava il passo. La martora d'inverno lasciava pesta nitida, il cacciatore la trovava. E così volpi, camosci, cervi eccetera. Ogni purezza si fa imprimere passaggi umani, finché si sporca, sfarina, diventa poltiglia e scompare. La purezza è facile da incidere, come l'innocenza e il buon senso.

Prima che scompaiano, qualcuno seguirà quelle tracce. Lasciare orme buone, che non conducano al precipizio, è dovere di ognuno. I giovani mettono piede sulle peste lasciate dagli adulti e spesso cadono. Fortunati coloro che le tracce le trovano cancellate. Ma nemmeno quelli stanno al sicuro. Qualcuno segnerà la via per loro e ci si augura percorso facile e piano.

Il tempo è trascorso in fretta, il vecchio accende un mezzo toscano, versa un po' di vino, lo beve adagio. Dopo il genocidio di povera gente, duemila persone morte tra cui quattrocentottantasette bambini, tante cose non ci sono più ma il vento che spazza gli autunni è sempre lo stesso. Le nevicate molto meno anche se il bianco soffice degli inverni copre ancora campi e orti, boschi, montagne e prati incolti ingialliti dall'incuria.

I bambini diventarono presto ferrati in tutte le arti. Ogni stagione richiedeva abilità diverse. D'estate frusciavano le falci, l'odore del fieno girava per le vie, riempiva narici e casolari. Alla sera le stesse falci cantavano con voci metalliche sotto i colpi dei martelli.

I fratelli diventarono virtuosi nel taglio dell'erba. Prima occorreva imparare l'affilatura. In tutte le arti e i mestieri, avanti di provare a fare, i vecchi insegnavano ad affilare l'utensile.

Se non fai la punta alla matita non puoi scrivere, diceva il nonno al più grande.

Che imparò presto a tirare ogni lama: dalla falce ai coltelli, asce, sgorbie, segoni, pialle (le più difficili), trivelle. Tutto quello che doveva tagliare legno fu insegnato per primo. In seguito forbici, denti di tagliole, e molto più tardi motoseghe.

Soltanto i rasoi da barba erano proibiti. Di quelli si occupavano solo gli adulti che, dopo la mola, li passavano alla coramella. Il nonno non tollerava che un attrezzo "scrivesse" sul legno. Lasciava scalfitture che lo dichiaravano sbrecciato. Guai al mondo, buttava tutto per aria. Il vecchio si era dato dieci comandamenti personali che esulavano da quelli divini consegnati a Mosè in vetta al Sinai.

Nelle roventi estati sui pascoli i bambini impararono che anche i fiori dovevano essere falciati. Nel vasto mare di erbe verdi, oscillanti alle onde di risacca, apparivano i colori sgargianti delle corolle e dei petali. Fiori belli, luminosi, alcuni rari, attiravano api e insetti, ragni e coccinelle. I giovani falciatori istintivamente avrebbero voluto risparmiarli ma non era possibile. La falce passava radendo tutte le erbe del prato, fiori compresi.

Il vecchio finisce la bottiglia, ne apre un'altra con facilità, tappo a vite, vino da poco.

Pensa a quei quattrocentottantasette bambini uccisi nella tragica notte che terra cadde su terra, terra piovve sull'acqua. Erano fiori puliti, teneri, colorati di vita, in mezzo a erbe antiche, vecchie, logorate da bufere, fatiche e dolori.

Erbe silenziose, che nemmeno il vento delle montagne riuscì più a far parlare. Eppure le scuoteva, le maltrattava fino a piegar loro la testa sul petto. Ma quelle vecchie essenze, un tempo ricche di speranze, sogni, progetti, ormai non avevano più voce. Nessun vento le avrebbe resuscitate. La falce della cupidigia, dell'interesse, dell'ambizione ottusa, tacitò quelle genti, radendo al suolo interi paesi, e tagliando, assieme alle erbe antiche, quattrocentottantasette fiori appena sbocciati.

I fratelli furono risparmiati per un soffio. E così ricordarono i giorni che falciavano fiori assieme alle verdi erbe dei pascoli. Capirono che quando la tragedia cala a mo' di uragano, non guarda in faccia nessuno.

Il vecchio beve mezzo bicchiere. Pensa. Nulla è cambiato.

Mentre sorseggia il nettare, sa che è in corso una guerra. Siamo nel 2023. Vengono polverizzati fiori giovani, fiori belli, erbe nuove, paglie secche, erbe vecchie diventate mute anche loro. Voci soffocate nella polvere della morte.

Turbine sollevato da mantici umani, uomini senza scrupoli, nessuna pietà, nessun ripensamento.

E mai giustizia colpisce i mietitori di vite. I sopravvissuti del Vajont ancora aspettano. Esistono ormai pochi esemplari. Sessant'anni sono parecchi, l'unghia della grande signora ha strappato molte tessere dal mosaico dei rimasti.

Dimenticare no, perdonare mai, ricordare sempre.

Si dice ancora questo dopo sessant'anni.

Fu una botta immane che cambiò il futuro dei salvati. I sommersi non esistevano più. I vivi parevano morti, la terra disfatta, boschi cancellati, orti divelti, prati sventrati, case sparite. Restava l'altalena appesa in un cortile risparmiato. Ora cigola a vuoto, arrugginita e triste, si fa muovere dal vento delle montagne. Aspetta dei bambini che non torneranno. Ricorda le loro voci, basta questo.

Il nonno dei fanciulli aveva visto le guerre. Le aveva combattute in armi. Aveva avuto un fratello caduto sul Pal Piccolo, nella prima, a ventiquattro anni. Un figlio, nella seconda, aveva trascorso cinque anni sul mare. Superstite di un affondamento, tornò malconcio.

La motonave colò a picco, morirono parecchi, altri si salvarono, lui fra questi. Malta lo accolse a guarire, La Valletta lo ospitò in convalescenza. Pochi anni dopo, esattamente cinque, il naufrago del mare mise al mondo un primo figlio. Quello che il vecchio chiama "maggiore". Poi altri due, dei quali il secondo durò nemmeno diciotto anni.

Quel vecchio che mesce vino e ricorda è proprio lui, il maggiore. Ascoltava le storie di guerra dal nonno e dal padre. Pensava di morire senza udir notizie di altri conflitti. Invece ne osserva uno appena scoppiato: in Ucraina. Non gli interessa di chi è la colpa. Si addolora per i morti innocenti, anziani, donne, bambini. Erbe antiche, fiori nuovi, voci spente.

La falce passa e pareggia tutte le erbe del prato. Nulla cambia. Del resto, realizza con delusione, là dove è nato Cristo, dopo oltre duemila anni, ancora s'ammazzano. Sono fratelli e si uccidono. Le guerre non hanno traguardo, per questo non dovrebbero partire. È soltanto una delle molteplici speranze perdute: che non partano le guerre. Ma se c'è il bene allora esiste anche il male ed entrambi si alternano sulle spalle della povera gente.

Quando la terra scivolò nell'acqua muovendo il mare di poltiglia che devastò i paesi, non furono i potenti a morire bensì i poveri diavoli. I padroni stavano al sicuro tra Roma, Venezia e ville a Montecarlo.

Interessarsi alla vita senza genitori diventa difficile. Cala il buio. Vi sono adulti finiti nel silenzio malinconico dei giorni per la morte della mamma o di entrambi. Verrà il tempo ad aprire varchi di cielo. Lembi di azzurro torneranno a conforto degli orfani. Ma c'è un ma. Gli orfani di genitori vivi aspetteranno invano squarci di cielo azzurro. Ci saranno sempre nembi cupi e nuvolaglia scura. Per i bimbi abbandonati le nubi non si apriranno più.

Molti anni dopo, quando aveva famiglia e parecchie difficoltà economiche, un libro importante venne a trovare il maggiore dei fratelli. Verso la metà del 1994, un signore che conosceva bene il loro passato gli regalò un testo che ancora conserva. Si trattava de *La ferita dei non amati* di Peter Schellenbaum, edizioni Red. La copertina porta all'occhio una pittura dolorosa di Edvard Munch: *Pubertà*. La giovinetta raffigurata, mani incrociate sulle ginocchia a coprire nudità magre, guarda fisso in avanti, con occhi fermi, implacabili, quasi cattivi, come a non perdonare chi l'ha fatta soffrire. Il maggiore, tra quelle pagine, scoprì e capì tante cose. Una su tutte: non serve cercare i libri fondanti, saranno loro a venirti incontro e trovarti.

Spesso sul tempo dei ricordi cadeva la neve, ma l'impegno a non dimenticare tornava col suo calore a scioglierla come il disgelo di primavera. Il segno del dolore era profondo, voler dimenticarlo a ogni costo gli sembrava tradimento. Tradire il passato gli metteva i brividi, meglio tenerselo vicino, conviverci. Cercare strade per diventar migliori, con accanto la guida inesorabile e precisa che fu il patimento dell'infanzia, è sempre stato l'obiettivo del primogenito. Fare del dolore un maestro di vita, un consigliere che diceva "Lascia perdere, dimentica" anziché "Ricorda, condanna e reagisci", fu il tentativo molte volte fallito del maggiore.

Ormai grandicello, i tempi del collegio s'allontanavano. Lasciò gli studi perché costretto. I responsabili del genocidio – lo Stato – improvvisamente non pagarono più le rette del convitto. Restava da trovare un lavoro. Il vento della miseria tornò a spirare come una volta. Dopo la tragedia, quando piovve terra nell'acqua e terra sulla terra, quel vento fu più mite.

L'altalena senza bimbi iniziò a cigolare di nuovo, e non era arrugginita. Le catene che la tenevano sospesa luccicavano della presa tenera e ignara dei bambini. Gli anni pian piano la scurirono, diventò grigia e poi rosso ruggine, con tappeti di ortiche sotto il sedile. Un braccio della catena si spezzò nel terremoto del '76, tredici anni dopo la tragedia della terra. Cadde una pietra dal tetto e colpì l'aggancio sul trave. Dondolava strascicando il sellino tra le erbacce. Il maggiore passava da quelle parti. Tornando dalle montagne d'oltre valle, il sentiero girava di là. L'altalena trascinava la sua onda cigolante come uno storpio trascina la gamba. Con un fil di ferro, l'uomo riagganciò la catena al traverso e il suono della ruggine raddoppiò. Era una casa così triste che gli sembrava cigolasse anche l'aria, nel cortile dei bambini migrati. Forse gli squilli di ferro erano le loro voci, tornate nell'aria del paese attorno al campanile.

Così voleva pensare il maggiore dei fratelli. Quando qualcuno non c'è più, e non circola intorno a noi, lo si fa rivivere nel sogno, lo si fa tornare nell'immaginazione, lo si saluta a bocca chiusa, parla il pensiero. Tutto questo non basterà a ottundere il dolore ma almeno ci riporta alla memoria i nostri cari, gli amici scomparsi, gli emigrati in terre lontane e chi di volontà sua ci ha abbandonati.

Quando pensa al passato, il maggiore ricorda remote fidanzate che lo avevano illuso con "ti amo" e poi scartato come cane fastidioso. Ma i cani non sono fastidiosi, semmai gli esseri umani, vigliacchi e traditori. Certe ferite ricevute da piccoli rimangono fino alla tomba. E non si chiudono, non diventano cicatrici, rimangono aperte, vive, pulsanti ai battiti del cuore.

Non restava che mettersi a bere, obliare nell'alcol il destino di essere venuti al mondo. E così il maggiore, giovanissimo, pose mano alla bottiglia. E non la mollò più. Tranne un'interruzione di qualche anno e un'altra più tardiva di uno, ancora è alle prese con quel problema. Il vecchio sta diventando leggero per via dell'età che avanza ma regge il vino più di quando era giovane. Vini pesanti, roba dai quattordici gradi in su.

Quelli da meno dateli ai ragazzini di prima comunione, dice con sarcasmo.

L'alcol gli ha messo e gli mette tuttora più tristezza che allegria. Da bambino il nonno gli dava Raboso, vino di scarso prezzo e altrettanto valore. Vino da "cioche", dicevano in paese. Ma almeno quel mezzo bicchiere che gli propinava il nonno – per far sangue – lo rendeva felice qualche ora. Non pensava all'abbandono dei genitori, alla fame, alla miseria e al dolore.

È così che si comincia a bere, oltre alla predisposizione genetica. Molti anni dopo, quando tornò la mamma, che lui ripudiò, gli diceva:

No stè bèive, fiolón, che to su predisposto.[8]

Infatti lo era, lo fu e lo sarà.

Quando l'età presenta il conto, e la vecchiaia s'affaccia dietro i larici, uomini di quel tipo si convincono, a torto, che non hanno più nulla da perdere, niente da conservare, nemmeno la salute.

È sempre stato il più acerrimo nemico di se stesso. Pervaso da un costante obiettivo di autodistruzione, ha cercato di farsi fuori in ogni gesto. Spingere tutto al massimo è imperativo.

Uno psicologo cercherebbe nell'infanzia i motivi di quelle reazioni. L'abbandono dei genitori non viene ultimo. Seppur non avendo molta stima di quella categoria, stavolta non può che essere d'accordo.

Oggi qualcuno azzarda giudizi sarcastici, dice che quel bambino povero ha fatto strada, ma si sbaglia. Quel bimbo povero ha fatto sentieri, non strada. Tratturi impervi, aspri, ripidi e pericolosi. Con tracce mol-

[8] "Non bere, disgraziato, che sei predisposto."

to spesso confuse, piene di spine e rovi urticanti. E nessuna segnaletica o bollini rossi a indicare la via. Questa è stata la strada.

Del resto, in un paese che si chiama Erto, niente è facile, sul ripido occorre equilibrio o si rotola giù. L'equilibrio lassù è un'eredità genetica, lo si tiene dentro dalla nascita, si sviluppa crescendo. Ciononostante molti cadono, finiscono in fondo, rotti, pesti o sfracellati. Tanti sono scivolati, senza più risalire. È il destino di coloro che vivono sul verticale. Al maggiore, che ormai s'avvia alla vecchiaia, torna in mente ancora Michelstaedter: "Un peso pende a un gancio, e per pendere soffre che non può scendere: non può uscire dal gancio, poiché quant'è peso pende e quanto pende dipende".[9]

Lassù, nessuno stava appeso a ganci, e siccome erano pesi, loro stessi spesso cadevano in terra. Gli appigli erano sotto le dita, gli appoggi sotto i piedi. Poteva però accadere che, nonostante il virtuosismo innato di quelle genti, il terreno franasse d'improvviso. A quel punto nessuna capacità poteva salvarli. Sulle spalle del maggiore franò la montagna che incautamente riteneva solida.

Più o meno gli era sempre andata bene, crepe, fessure, crolli, ma roba sopportabile. Verso i settanta, invece, tutto scivolò in basso. Un padre viene abbattuto come un albero morto quando scopre i figli aggrediti da malattie che solo a pronunciarne il nome tremano le vene ai polsi. Ci vogliono cause di forza

[9] Carlo Michelstaedter, *La persuasione e la rettorica* (1913).

maggiore per rimanere in equilibrio mentre la montagna ti parte sotto le suole. Soprattutto fortuna. Lui ha avuto entrambe. Ha imparato che vivere è perdere qualcosa ogni giorno. Di pari passo, anche guadagnare qualcosa. Ma, sulla bilancia, le perdite calcano il piatto a fine corsa.

L'altalena fuori casa, appesa al ramo di un melo, l'aveva montata il nonno usando vecchie corde di canapa. Le nuove servivano a fieno, legna e per le varie arti della fatica. Non ultima l'arrampicata. Ma quella solo di nascosto.

L'anziano rammenta la nostalgia di una scalata al monte Cevìta con suo nonno. La corda di Manilla, una ghirba di vino da un litro e mezzo, scarpetti di pezza e cielo sopra la testa. Forse aveva nove anni, non ricorda, o dieci. In vetta, attorno a lui, presenze misteriose che ancora sente. Lo accompagnano nei vagabondaggi montani. Il nonno, finita la bevanda, s'era addormentato sotto la cima. Alla sua età non gl'interessava nessun vertice. Era già arrivato dappertutto senza interessi. Da quelle cime era sceso a testa bassa. A volte rotolando.

Il futuro ha le sue speranze, il passato no. Ciò che è stato non si cancella. Miloš Crnjanski, un grande scrittore, sostiene che il passato sia "un abisso fosco e spaventoso. Ciò che è entrato in quel crepuscolo non esiste più e non è nemmeno esistito".[10] No, caro Crnjanski, il passato esiste e non si muove da dove sta. Anzi, torna

[10] Miloš Crnjanski, *Migrazioni* (1929).

indietro a dirci parole, rammentare fatti allegri o tragici, farci vedere cose che avremmo voluto dimenticare. In entrambi i casi: cose belle o brutte, ci prenderà la tristezza. Per la perduta felicità delle prime, per il dolore provato delle seconde. Non vi è scampo alla tristezza. Ma, nel mezzo del caos doloroso che ci perseguita, ogni tanto si può alzare la testa e bere "qualche buon bicchiere", come disse un vecchio rabbino.

Di bicchieri ne ha bevuti tanti, il maggiore. Si è trovato spesso nel dolore. Tra l'infanzia e l'incipiente vecchiaia è stata un'unica linea. Due date: quella di nascita e quella che gli si presenta davanti giorno dopo giorno. Nel frattempo, "qualche buon bicchiere".

I bambini sull'altalena salivano spesso. Forse troppo. C'era da fare lavori: mungere le capre, governare la vacca, togliere il letame, raccogliere fascine per il fuoco creatore di formaggi e ricotte. L'altalena era una tentazione, stava là, col sedile vuoto. I fratelli trascuravano doveri e faccende. Una, due, tre volte. Scattarono gli avvertimenti del padre, che rientrava ubriaco sbraitando e bestemmiando. Facciamo domani, si salvavano i bimbi.

Quel domani non ci fu. Un giorno che volevano appendersi a dondolare, dell'altalena restavano due monconi di corda spenzolanti al vento. Oscillavano per conto loro, di qua e di là, avanti e indietro, mossi dalla brezza. Il padre aveva tagliato di netto le corde di qualcosa che rallegrava i figli. Partiva da lì, da quel gesto vile, sommato a mille altri, il disprezzo che il maggiore nutrì verso il genitore fino a quando è morto, a ottantasette anni. Al momento di chiudere la cassa, con le forbici tagliò una ciocca di barba al padre e la ripose in una custodia di cellofan. Voleva conservare qualcosa di lui.

Ancora non sapeva che si era riportato in casa molto più che il padre intero. Lo scoprì tempo dopo. Ogni tanto tirava fuori dal cassetto il ciuffo di barba, lo estraeva dalla busta, lo toccava, lo fissava. D'improvviso quei peli con addosso la cenere del tempo tornavano alle guance del loro padrone. Come una resurrezione, rivedeva il padre, ne udiva le bestemmie, i rimproveri, le urla, gli occhi sporgenti privi di pietà. Svelto, rimetteva la barba nella custodia e il genitore tornava nella fossa. Alla fine, per colpa di quel cespuglio di peli grigi, il padre era più presente di prima. Allora decise di spezzare l'incantesimo, buttò il ricordo barbuto nella stufa, e suo padre non tornò più.

Adesso che son passati tanti anni, e i rancori scemano giorno dopo giorno, e quel figlio sa che il tempo s'accorcia anche per lui, vorrebbe dire tante cose al genitore ma di quell'uomo brutale non ha più nemmeno un ciuffo di barba. Forse non era cattivo, aveva soltanto preso il destino dell'esistenza in malo modo e non lo accettava. Tutto questo lo faceva imbestialire, si scagliava contro il genere umano, i figli per primi. Oggi di stagioni ne son passate tante, il primogenito sorride ai ricordi. Ha capito che ogni male, ogni delusione, ogni dolore diluisce e si attenua quando la barba diventa grigia come quella di suo padre.

Il tempo attenua rabbie e rancori facendoci vergognare per aver permesso loro di albergare nel nostro animo. Ma è altresì dolore portato avanti, allungato nei mesi, negli anni, al quale giorno dopo giorno se ne aggiunge altro. Solo ogni tanto, spesso quando meno ce lo aspettiamo, brilla sul nostro cielo un barlume di felicità. Dura poco, è vero, ma pur sempre di una gioia si tratta.

Nella vecchia casa dei fratelli, giù al paese abbandonato, sulla terza rampa di scale salendo dal piano terra, vi sono delle ombre più scure che s'allargano sulle assi di larice accanto al muro. Sono lì da oltre sessant'anni. Il larice è un ricettivo egoista, quando imprigiona liquidi non li molla più. Soprattutto quello a venatura fina, dove i cerchi degli anni sono vicini quasi a toccarsi.

Ogni volta che torna nella casa dell'infanzia il maggiore china la testa. Guarda quelle ombre che oscurano tre scalini. Sono scontornate da un'incisione a sgorbia, un confine entro il quale niente e nessuno può entrare o calpestare. Quelle antiche assi contengono reliquie, memorie dolorose di violenze e paure. Tengono stretto tra gli anelli, come un abbraccio saldato a fuoco, il sangue di sua madre. Ricorda bene quel giorno. Colpita due volte con un manico da scure, la mamma s'accasciò sulle scale, la testa poggiata allo scalino. Il marito, padre dei bambini, alzò di nuovo il legno per il terzo colpo. Ma il maggiore, che aveva sei anni, si mise in mezzo a proteggere la mamma. Così l'orco si fermò col palo in aria.

Tirete iò.[11]

Il bambino non si mosse, restò avvinghiato alla madre finché l'uomo se ne tornò in cucina. Vide nel frattempo allargarsi la macchia sullo scalino e poi scende-

[11] "Levati."

re lentamente, col passo lento della morte, sul secondo. Arrivò la nonna a cercare di rianimarla, stentava a riprendersi. Ci provò con lei la vecchia zia sordomuta che viveva con loro. Non ci fu verso. Allora la portarono all'ospedale su ordine perentorio del dottor Gallo che viveva in paese. Ci mise due giorni a riprendersi e dire che era caduta. Il sangue non fu lavato dalle assi che se lo erano bevuto come a volerlo nascondere. Rimase l'ombra sugli scalini, due macchie appena percettibili.

Molti anni dopo, quando il maggiore iniziò a scolpire, per memoria scontornò con una sgorbia le ombre sugli scalini, il cuore di sua madre stava lì dentro. Fu un segnale di attenzione, costruì un recinto d'avvertimento che nessun piede o scarpa calpestasse le tracce del dolore.

E non era finita. Ancora due volte avrebbe visto la mamma riversa sotto i colpi. Quelle immagini non può dimenticarle, non vuole, ha deciso di portarle fino alla morte, mischiarle nella cenere dei resti quando verrà cremato. Il tempo lima le ferite lentamente come il vento raspa le montagne, ne arrotonda gli spigoli, e l'acqua smussa i ciottoli nella corrente. Le ferite inferte alla madre sono ancora là, nel cuore dell'uomo che invecchia, vive, affilate, acuminate come allora. Nessun vento o acqua potrà arrotondarle.

Dice che il bello non è la natura bensì il comportamento gentile, buono e generoso delle persone. Suo padre non lo fu. Il figlio ha cercato di evitare l'imitazione. È pur vero che ha ricevuto alcune buone eredità genetiche da genitori e nonni. Dalla mamma l'amore per la lettura. Quando li abbandonò, il maggiore scoprì uno sgabuzzino pieno di libri. Leggere era un'impresa ardua, ma le stagioni passavano e venne il momento di sfogliare le pagine. La mamma leggeva tutto, lesse fino a quando non chiuse gli occhi per sempre. Suo nonno fu segretario comunale con tanto di laurea. Da quella famiglia provenivano uomini e donne di cultura, violinisti, artigiani del legno, letterati. E suicidi.

Qualcuno non regge ai colpi del destino quando infierisce con metodo. I dipartiti volontari lasciarono buoni messaggi nonostante la morte programmata. L'esempio finale non fu dei migliori ma sulla neve della vita avevano lasciato buone tracce. Il primogenito le calpestò passo dopo passo. Solo su quelle pose piede, oltre stava il precipizio da entrambi i lati. Anche su orme buone ci vuole equilibrio quando di qua e di là si apre il baratro. Le peste del padre furono pessime, e il primo a farne le spese fu proprio il maggiore. Oggi, che sono passati tanti anni, e le fosse aspettano gli ultimi di quella generazione di eroi inconsapevoli, il primogenito va spesso al cimitero dove riposano i suoi amici. Passa croce dopo croce, lapide dopo lapide, le foto lo guardano.

Ti ricordi di noi?

Eccome se li ricorda! Vede in quei volti scomparsi da anni, alcuni giovani altri molto giovani, una pace che non avevano in vita. Le foto rivelano dolcezze, speranze, sogni mai realizzati. Furono scattate, ai bei tempi, quando ancora c'erano fiducia e sogni. Le dolcezze di quei morti non vennero mai deluse, le tenevano nell'anima e se le portarono alla tomba.

Vede Carlo, l'altro Carlo, Silvio, Gianni, Armando,

Piero e il fratello Basilio, Moreno, Beppino de La Nara, Bepo de Braga, Celeste, Danilo. Tutti morti giovani.

Poi ci sono i più anziani, maestri di caccia, bracconaggio, arte del legno, del vino da bere a secchie, del poco mangiare, delle donne e della vita vissuta senza risparmio. Altri amici d'infanzia e gioventù riposano in cimiteri lontani dal luogo natìo, quelli li incontra meno, non per questo li dimentica. Ogni foto dei morti richiama un ricordo particolare. C'è una pace antica nel camposanto del paese, come in tutti i luoghi di riposo eterno. Gli amici lo guardano dalle foto. Sembra capiscano i suoi pensieri. Gli infondono coraggio, voglia di resistere, fiducia nel destino e nel tempo. Si ferma da sua madre, riflette che è l'unica foto che la ritrae sorridente. Non ha avuto molte occasioni per farlo, forse in quello scatto aveva bevuto. Ma non è convinto, il vino la rendeva triste come rendeva violento il marito. Passa anche da lui, che non ha foto bensì un ritratto a sanguigna, opera del nipote Matteo.

Matteo è il terzogenito del maggiore. Ha fatto il liceo artistico e l'accademia di belle arti. Ha molto più talento del padre, costretto a imparare da solo. Autodidatta in tutto: scultura, scrittura, scalata, vita.

Ricorda un calcio nel sedere quando domandò al padre di poter frequentare la scuola d'arte del legno, a Ortisei di Val Gardena.

Vuol fare l'artista questo qui – disse adirato – vai a lavorare, buono a nulla.

E partì il calcio scarponato. Il maggiore, memore di quel calcio, non ha usato lo stesso metodo verso i figli. Con sacrifici e privazioni, li ha fatti studiare e laureare. Di questo va fiero.

Spesso, quando non c'è gente, rimane seduto su qualche tomba per un po' di tempo. Solo con i suoi pensieri, passa in rassegna la vita di colui o colei che sta a guardare dalla fotografia sulla lapide. Se il defunto è antico, e non lo ha conosciuto se non per memoria di paese, cerca d'immaginarne l'esistenza. Si pone delle domande, è curioso.

Saranno stati felici quell'uomo e quella donna?

E quel bambino di che cosa è morto?

Quante pene hanno passato? Quanti dolori?

Era tentato di chiedere informazioni in paese sui defunti più remoti, ma gli ultimi vecchi che sapevano ormai stanno con loro nel regno delle ombre. Vorrebbe scrivere la Spoon River di quella gente. Almeno una parte di quella gente.

Forse lo farà. Di alcuni conosce le vicende, di uno le ha scritte. Si chiamava Celio, formidabile bevitore, filosofo eccelso (a sua insaputa), amico fraterno, maestro incomparabile e secondo padre. Ci sarebbe un bosco intero di personaggi degni di esser potati e resi visibili. Storie, come scrisse Pontiggia, di uomini non illustri. E donne. E bambini poveri che dovevano lavorare per dare una mano alla famiglia. L'altalena dei loro giochi non esiste più, forse è meglio così. Due corde e un seggiolino di legno vanno e vengono, il sole nasce e tramonta. La vita va soltanto verso la fine, non vi è ritorno. Ma può ridare cose perdute, ricordi lontani, memorie antiche, belle, dolorose. In quel caso la vita riappare con la sua voce lontana, le immagini sfocate, i volti amati.

Così come la giovinezza torna a trovare il vecchio alla fine dei suoi giorni, il passato fa marcia indietro a cercare proprietari. Ma una moltitudine: uomini, donne, vecchi, bambini non li trova, sono scomparsi, inghiottiti dalla morte, dal tempo e dall'oblio. Se non ci perdiamo nella tristezza e nel dolore, può essere gratificante pensare agli anni lontani. Come vecchie gerle scricchiolanti, contengono tutto quel che ci è accaduto. Meglio dire appartenuto. E se molto non rammentiamo è perché le vecchie gerle scricchiolanti hanno alcuni buchi dai quali i ricordi sono scivolati fuori. La terra li ha inghiottiti, e non li restituisce. Semine di memorie senza raccolti. Per evitarci ulteriori malesseri, dolori sospesi, o tristezza, la terra tiene per sé le disgrazie scivolate dalle gerle. È un aiuto che ci offre ma non basta. Le tragedie più grandi non passano dai buchi, per questo continuano a tormentarci fin quando gli occhi non si chiudono per sempre.

Oggi, a settantatré anni, il vecchio ricorda in particolare la sua, di gerla. Solo ogni tanto, quando ne vede una in spalla a qualche vecchia. La gerla la portava quasi tutti i giorni. Con l'erba per i conigli, il fieno di rimasuglio, la legna dei boschi di Bindi e altri pesi adatti ai bambini. Alla fine la riponeva nella stalla accanto all'abbeveratoio.

E un giorno, lui che portava pesi nella gerla, la gerla portò il peso di lui. Ronzavano le api nel cortile, uno sciame stava appeso ai rami del melo, la Regina cercava famiglia. Il nonno mandò quel bimbo che pesava niente a buttar giù il fieno nella stalla per la scorta della sera. Una tavola cedette e volò giù. Si sarebbe fatto male da quattro metri ma sotto, accanto alla vasca di pietra, c'era la gerla. Fece da cuscino, materasso, e altri salvavita. Ci fu una sinfonia di scricchiolii, come gemiti dolorosi. Se la cavò con qualche botta. Ma la gerla era sfondata, e toccava render conto. A quel nonno laconico, che parlava con la faccia e fulminava con gli occhi, bisognava dirglielo. E confessò.

Il vecchio disse: Portamela.

Gliela portò.

Susto fat mèl?[12]

No.

Il ragazzino osò chiedere al vecchio se si poteva riparare. L'uomo dondolò la testa, saltò con gli scarponi sulla gerla e la ridusse in briciole. Si voltò verso il nipote e disse:

Si rattoppano i pantaloni, quelli costa. Adesso è venuto il momento d'imparare a farne una.

Era il tempo che i cuculi cantavano, gli uccelli facevano il nido, le gemme premevano sui rami e la terra aspettava sementi. È il periodo migliore per i giunchi da cesti e per vinchi e noccioli da gerle. Il ragazzo e il nonno raccolsero quanto necessario per costruire una gerla. Venivano avanti le chiare, tiepide sere di primavera, il bambino era curioso di sapere, d'imparare, fare. Quel nonno antico come la terra, che sapeva di muschio umido e tabacco masticato, prendeva a pretesto gli errori del nipote per insegnargli qualcosa. Dallo sbaglio si riparte. Dimenticarlo era la prima mossa.

Ma il nipote non dimenticava, non gli riusciva, gli errori se li portava dietro come tatuaggi. Lo facevano

[12] "Ti sei fatto male?"

sentire in colpa. Soprattutto a causa del padre, che non mancava d'insultarlo ogni volta e dargli del fallito e buono a nulla. E allora si rifugiava nei sogni, che faceva di notte, sveglio perché ha sempre dormito poco fin da piccolo. Ora che ha passato i settanta sogna ancora a occhi aperti. In questo modo ha scalato tutte le vette del mondo, avuto le donne più belle, ha vinto tutte le gare di sci nordico, tutti i premi letterari. Si vedeva ben vestito nelle premiazioni, circondato da gente che applaudiva. Nessuno può impedire a nessuno di sognare guardando i larici del soffitto nelle stanze prive di sonno. Non si faceva illusioni su nulla, né aveva grandi aspettative. Stava là, a fare qualcosa, senza speranza e men che meno delusione.

Da giovane teneva nel cassetto alcuni progetti. All'ora sbagliata li tirò fuori e non ebbero vita. Naufragarono miseramente nel mare delle difficoltà economiche e della poca fiducia in se stesso. L'altalena non dondola senza coordinazione di spinta. Si può partire da fermi solo oscillando il corpo. Ci vuole armonia suffragata da intelligenza motoria. Da giovani ce n'è poca.

Oggi ha più tempo libero di quando cresceva i figli però ha molti più anni. Non li sente ma ci sono, li conta. Scoprire all'improvviso cos'è la vecchiaia non aiuta.

Se n'è accorto gli ultimi due anni quando, scendendo dalle vette, anziché saltare gli ostacoli li aggirava. Rami, sassi, tronchi abbattuti dai venti. Un balzo e... ops, un tempo era dall'altra parte. Ora non più. Ginocchia e schiena sono a rischio, meglio risparmiarle, proteggere un poco quel corpo che da oltre settant'anni ha fatto sport di ogni fatica, e movimento continuo.

La vecchiaia si manifesta quando anziché saltare l'ostacolo lo aggiri.

In tale realtà l'uomo s'infila a malincuore. Però capisce l'ineluttabile caduta della materia umana, si rassegna e prende ciò che capita. Senza speranza e, stavolta, con qualche delusione.

C'era un campo di patate sotto la strada, all'uscita occidentale del paese. Terra ripida, come stabilisce il nome del villaggio. Un vecchio lo vangava a maggio, quando cantavano i cuculi e il maggiociondolo fioriva sulla curva del cimitero. I fratelli lo guardavano dall'alto. Silenzioso, capo chino, una badilata dopo l'altra, girava le zolle di terra grassa che avrebbe dato patate eccezionali.

In un libro, *Satire italiane*, edito da Longanesi, Giovanni Comisso, che nel '46 visitò il paese ripido, definì quei tuberi una meraviglia per il palato. Glieli servirono lessi, in un catino, con un pizzico di sale. Era novembre, una spessa brina copriva la valle come nevicata. Comisso fu impressionato da quel severo paesaggio e dalla gente taciturna e sospettosa. Concluse il racconto con queste parole: "Ce ne andammo da quel sinistro villaggio".

Ogni primavera, un contadino vangava quel campo dalla pendenza severa. I ragazzini lo guardavano aspettando che finisse. Era anziano, ci metteva due giorni. Alla fine, sotto il badile, la terra diventava cuscino, gonfio e spugnoso. In quel momento si realizzava il dispetto che offriva divertimento ai ragazzini e danno al contadino. Partivano dal bordo interno della strada, pigliavano la rincorsa, poggiavano un piede sul muretto e via... Volavano per quattro-cinque metri atterrando sul cuscino soffice della terra che guardava il cielo. Con giravolte da paracadutisti ammortizzavano l'atterraggio, finendo in fondo al campo. Tutto era calcolato da un istinto di conservazione mai più ritrovato da adulti. Bastava un metro in più e sarebbero finiti nella scarpata oltre il limite. Giù da quella rampa significava danni. Se non letali, molto seri. Eppure saltavano.

Oggi, quando visita il vecchio paese e va verso il cimitero come spinto da un intuito di sentiero finito, passa davanti a quel campo. Lo vede dall'alto. È diventato prato, pieno di ortiche, erbacce, piccole acacie già ostili di spine. Vede ancora il vecchio, la vanga in mano. Lo immagina levare erbe infestanti, pulire il muretto, vangare la terra, rifare il cuscino soffice. Ma non è così.

L'età e la morte hanno portato di là gli ultimi contadini. Quelli che s'inginocchiavano a seminare, estirpare, trapiantare e farsi il segno di croce nel campo della sera. Dopo i salti sul morbido, il vecchio zappaterra s'arrabbiava. Ne aveva ben ragione. Il campo diventava groviera.

Una primavera oramai dispersa dal vento degli anni, i ragazzi videro il contadino confabulare col loro nonno. Il quale faceva sì con la testa. Il giorno dopo chiamò a rapporto i saltatori su terra vangata. Li invitò a seguirlo. Andarono assieme al campo dove, seduto sul muretto, stava il contadino. Accanto c'era una baracca senza porta. L'uomo si alzò adagio, entrò nella catapecchia e ne uscì con tre vanghe in spalla. Il nonno prese gli attrezzi senza indugi. Li consegnò uno per uno ai nipoti.

Andate a vangare, disse.

E s'allontanò.

Parlava poco quel vecchio ma stavolta parlò di più. Era brutto segno. Il contadino, aria severa e sguardo torvo, segnò verso il basso col dito e disse:

Il campo è quello.

Lo sapevano.

Non c'era da scherzare col nonno. Quando usava due parole in più bisognava stare attenti. Verso sera avevano vangato metà campo. Fame e mani piagate fu la paga. Il giorno dopo s'apprestarono a voltare la seconda parte. Arrivò il contadino col badile a dar loro una mano. E per far capire ai discoli che la fatica non va insultata né oltraggiata. Finirono nel pomeriggio. Il contadino rimase in silenzio tutto il tempo. Parole non servivano, i fratelli avevano capito la lezione. Non saltarono più.

A quei tempi si puniva insegnando. Sudore di fatica e mani spellate convincono a rispettare le fatiche altrui. Chi si ostinava a non capire oltre allo sforzo riceveva legnate. Ma il maggiore amava le punizioni, lo stimolavano a ribellarsi di più. Lo affascinava il proibito, il rischio, la sfida ad andare oltre, a non essere sottomesso. E saltò ancora una volta. Le buscò di santa ragione poiché il contadino a quel punto passò a vie di fatto. Quando il ragazzo denunciò al nonno le legnate prese, ricevette da lui un'altra dose. Meglio non dire più niente, pensò. E così fu. Imparò a sue spese che non doveva fare il delatore di se stesso. A quell'età il tempo ancora andava piano. Gli inverni silenziosi, il paese sepolto nel bianco, le notti interminabili non passavano mai. Unica musica il ticchettare della neve, la voce del vento, i racconti dei vecchi e il crepitare dei ceppi nel camino. Oggi che s'avvia all'anzianità e alla morte, i giorni sono un colpo di tosse, i mesi un respiro, gli anni un breve sbadiglio.

Mai il tempo gli è sembrato volare come oggi. Sogna di riavere la lentezza dell'adolescenza, il rallentìo interminabile di quelle notti, quegli inverni, quei silenzi malinconici. Spesso si domanda, non senza un certo timore, come, quando e dove lo agguanterà la fine del sentiero. Ogni tanto si lamenta della vita ma quando pensa alla morte capisce quanto sia bello stare al mondo. Nonostante dolori, delusioni, malattie, disgrazie famigliari, svegliarsi dai brevi sonni e ascoltare se batte la pioggia sui vetri o se nevica e se cantano i cuculi è una gioia.

Vivere è bello, nonostante Fernando Pessoa dicesse che "affrontiamo comunque questa tragedia chimico-fisica chiamata vita". Lui affrontò la sua tragedia sostenuto dall'alcol, che lo uccise a quarantasette anni.

Il maggiore ha avuto fin da piccolo problemi con il vino. Lo iniziò il nonno, incosciente maestro sommelier. Erano anni di miseria, abbandono e tristezza ma grappa e vino non mancavano. La prima veniva distillata nelle famiglie. Quasi tutte possedevano l'alambicco, rudimentale assemblaggio di taniche in rame e cannucce a spirale. Ogni tanto qualcuno di quegli aggeggi esplodeva. Due giorni dopo, un altro prendeva il suo posto. La preparazione in casa esponeva a rischi di controlli sollecitati da invidiosi, delatori e spie di bassa lega. Si pensò così di spostare la produzione nei boschi e nelle valli, passando da sentieri impervi e pericolosi in dialetto chiamati *trui*. Per questo motivo il liquore distillato nelle radure è chiamato *sgnapa da trui*. Grappa di sentiero, per capirci. Il detto vale ancora oggi quando tale prodotto ha origini clandestine o di contrabbando. Ovviamente nessuno scartava la testa e la coda tenendo buono il cuore, come usa tra i distillatori seri. La miseria, costante e indelebile, di quei monti solitari che vegliavano misteriosi sulle terre degli invisibili non permetteva di buttar via niente. Lassù tutti erano autosufficienti, dal bambino al vecchio. Venivano avanti inverni da castigo, la valle assopita s'irrigidiva giorno dopo giorno. Le acque congelavano, gli uccelli tacevano e la gente si rassegnava.

C'era un vecchio vicino al campo dei salti, classe 1899. Alto, magro, silenzioso, cappello sugli occhi per non vedere il mondo. Cercava il sole. Lo acchiappava mettendolo dentro al cappotto per scaldarsi. Viveva solitario e muto in una casa disadorna. Un tavolo, la cassapanca, una stufa economica e nient'altro. Corrente zero. L'antica lampadina, appesa a un filo trent'anni prima, ormai coperta di fuliggine collosa, assisteva spenta allo spegnersi del vecchio.

Il maggiore se ne andò di casa intorno ai diciotto anni, stanco delle angherie del padre, soprattutto per non ammazzarlo. Trovò una casetta abbandonata da tempo, a una spanna da quella dell'anziano taciturno e segaligno. Al quale non pareva reale avere un vicino per qualche parola. Si conoscevano ma la vicinanza legò ulteriormente l'anima giovane e quella anziana annerita dal tempo e dal silenzio. Annerita ma candida e nobile come nessuna. La oscuravano la povertà, la prima guerra, la seconda, l'abbandono e la solitudine, ma conservava dignità e decoro senza pari. Stava in ombra per dolore, non per malefatte.

In quel vecchio il ragazzo trovò un amico, che gli insegnò parecchie saggezze, soprattutto a non lamentarsi, che poteva andare peggio. Davanti casa scendevano ripidi i prati del Baèrt e della Cùaga. Partivano dal perimetro del cimitero e andavano giù come a ricordarci che la vita va dall'alto verso il basso. Lo sguardo dei morti seguiva i falciatori nel taglio in pendenza. Su quei ripidi insostenibili, il piede a monte riposava, quello a valle reggeva il peso. Scarpe ferrate assicuravano presa. Dopo un po', i falciatori alati voltavano posizione caricando un piede fannullone che prima non forzava. Le torsioni di schiena ritmavano il battito delle ore scandite dal campanile con implacabile destino. Ogni gesto era fatica, sudore, pericolo. Ma quelli non ci badavano, andavano avanti imperterriti accettando qualsiasi sorte. Qualcuno scivolò. Rimangono cippi e lapidi, croci di ferro e incisioni su pietre. Seppur sbiaditi, riportano i nomi di quei martiri ormai dispersi nell'oblio del tempo. Martiri della fatica in un villaggio il cui nome significa ripido, scosceso, pericoloso. Le altalene dei bambini testimoniavano il concetto. Fissate a due larici o pini, o comunque essenze di alto fusto, dopo la spinta iniziale il passeggero si trovava immediatamente sul vuoto. Un buco che apriva le fauci del pendio come a ingoiarli. Qualcuno finì di sotto senza conseguenze.

Quella era gente venuta da altri pianeti: uomini di ferro, bambini di gomma, vecchi di legno secco. Il maggiore ricorda un'altalena di quel tipo agganciata a due alti larici in località Le Spesse. La allestì per i suoi figli quand'erano piccoli. Rimanevano senza fiato, tremavano, ridevano di paura per non piangere. Ma subito volevano ripetere l'ebbrezza del volo. Significava vincere il terrore, godere dell'aria che li ghermiva, abituarsi ai pericoli e gestirli ragionando. Fu un periodo abbastanza tranquillo. Soldi pochi, ma tempo libero. Portava i bambini ovunque ci fosse natura da esplorare, scoprire, lavorare, divertirsi ed essere utili. Come ad esempio fare l'orto, tagliare la legna, trascinarla a valle, costruire i recinti, curare il pollaio, i conigli. Così piano piano crescevano, imparavano, si divertivano. Ed erano utili all'economia familiare, a quei tempi tutt'altro che florida.

Ricorda un remoto giorno d'estate, ancora nitido per dolcezza e ironia. Il vecchio segaligno classe '99 bussò alla sua porta. Teneva in mano una scatolina blu. L'aprì. Tirò fuori una medaglietta d'oro grande come l'unghia del pollice.

Me l'hanno data per la guerra che ho fatto, avevo pochi anni, un *canaj*, adesso per ringraziarmi mi portano la medaglia. Vedi se puoi venderla a qualcuno e comprare una damigiana di vino.

Il giovane prese in mano quella minuscola onorificenza. La posò al centro del palmo. Era il premio finale a un uomo lasciato solo, in miseria, abbandonato dalla nazione che aveva difeso quand'era ancora un ragazzo. Il giovane tentò il salvataggio della memoria dicendo al vecchio di conservarla, era un riconoscimento al valore, all'aver servito la patria, alla pace di un futuro. L'uomo dondolò la testa, guardò lontano.

Vedi se puoi venderla e farti dare un po' di vino.

Stava arrivando la sera, l'estate declinava i giorni verso l'autunno. Stazionava nell'aria quella malinconia di cose che s'avviano alla fine. Anche la vita del vecchio combattente stava al capolinea. Sarebbe morto a breve, nel silenzio dell'inverno. Col senno di poi, fu scelta giusta andare a comprare vino scambiandolo con la medaglia alla memoria di guerra. Il giovane calò nel paese di valle dove esisteva una gioielleria minuscola quanto l'onorificenza. Il padrone non si fidò, e chiese i documenti. Ovviamente non ne aveva. Il giovane dichiarò nome, cognome, via e domicilio. Tremila lire nel 1967 erano soldi. Andò al negozio a comprare vino. Tornò al paese in corriera, così com'era sceso. Il vecchio disse al ragazzo: Li abbiamo spesi bene, questo è il valore delle medaglie alla merda della guerra. Fare una bevuta e dimenticare, meglio di tutto.

La neve cadeva lenta, silenziosa e malinconica. Pareva percepire la solitudine di quelle contrade morte, tradite da uomini assetati di potere, denaro, mossi da ambizioni che andavano contro la natura e contro Dio. Qualcuno era rimasto a fare tracce nuove su quella neve candida, risorta dal dolore della tragedia. Si trattava di poche persone, superstiti annientati nel fisico e nell'anima. Di notte vivevano al buio come gufi nel cavo degli alberi. Coloro che li avevano annientati volevano farli cedere ancora, spazzarli via dai loro nidi invernali. Allora niente corrente elettrica.

Le altalene stavano immobili, sepolte nella neve, le vecchie lampadine d'angolo erano spente, così come quelle dei tuguri. Il buio regnava sovrano assieme al silenzio dell'inverno. I padroni della luce avevano tolto la fornitura a quelle povere anime solitarie.

Se vi ostinate a rimanere abbarbicati ai vostri balzi di capre, non vi diamo corrente elettrica.

Ma quella gente veniva dai lumi discreti di candele e lampade a petrolio, non temevano le tenebre, la penombra li cullava. Ritrovarono l'unità del buio ignorando la velocità della luce che non avevano.

Il giovane ascoltava il bisbiglio misterioso della neve. Viveva solo in una tana, accanto a quella del vecchio combattente. Le notti respiravano leggere dentro il turbine del vento che spingeva i fiocchi in andate e ritorni regolari, lenti come qualcosa che non finirà mai. Il grande violinista muoveva l'arco dell'inverno su quella terra assopita, martoriata dal cinismo di uomini senza cuore, abitata da poche anime sopravvissute nonostante loro. Suonava piano per non svegliarle. Il giovane non dormiva. Avvolto da quella sinfonia di solitudine e abbandono, dal vorticare della neve che pareva sussurrare qualcosa al suo orecchio attento, ascoltava rapito il canto del silenzio invernale. Nella stufa di ghisa, le braci sotto la cenere mandavano deboli luccichii come si fossero svegliate di colpo dal sonno spento del fuoco. Stiracchiavano le braccia come a dire che esistevano, erano vive, tenevano compagnia al ragazzo. Se voleva tepore, bastava metterci sopra legna secca.

Il tempo cominciava lì, nel buio di quelle notti invernali, di quei silenzi misteriosi, di quel violinista che suonava lo strumento delle stagioni sottotono, senza note alte o clangore.

Dopo la tragedia, si era spenta ogni voce umana. Per molti anni vissero persone mute. Solo la natura, e i boschi, e la neve alzata dal vento avevano diritto di parola, suono, carezza. Le poche anime rimaste ascoltavano le storie raccolte e sparpagliate nelle memorie. Il pendolo delle altalene non batteva più. Sembrava tutto finito. Ma sotto le ceneri fredde dell'immane sciagura luccicava qualche brace viva, come nella stufa del ragazzo. Con la legna giusta e il soffio costante della fede, un focherello di vita poteva ripartire. Nella sinfonia di neve e vento, nel sussurro leggero del violino sui monti, qualcosa di nuovo nasceva nella testa del giovane.

A pochi metri da lui, invece, un cuore solitario e generoso batteva l'ultimo colpo. Nella notte sotto sferza, abbaiava un cane lontano. Il suo lamento si perdeva tra la musica del violinista e la bacchetta ventosa del direttore d'orchestra. La natura uggiolava, respirava a fondo come le bestie prima di addormentarsi. Il giovane ascoltava senza perdere un dettaglio di quelle voci che a volte avevano un che di tragicamente umano. Poi le note tornavano leggere sulle ali del vento invernale, il cane taceva, la neve cresceva, un vecchio tossiva. Il giovane ne udiva i sussulti. Li separava una parete di calce grezza, bianca nella stanza del ragazzo, nera di fuliggine dalla parte del reduce. Arrivò l'alba. Un'alba livida sepolta di neve. Il vento chiuse le ali. Rimase il leggero ticchettio dei fiocchi ad accompagnare l'ultimo colpo di tosse.

Morire soli, nel cuore dell'inverno, in silenzio, nella miseria più scura, nel gelo dell'abbandono è senz'altro una morte eroica. Fu eroe due volte, in guerra e in pace. Assieme, fecero in tempo a finire il vino della ridicola medaglia statale. Aspettava di udirlo ancora tossire ma così non fu. Il vecchio segaligno, eroe di guerra e di pace, morì all'alba di un inverno da castigo. Unici amici al capezzale, i bisbigli della natura e il fiato lento della neve che aveva sigillato la porta del vecchio come sapesse che non sarebbe più uscito a spalare.

Passò l'inverno senza l'amico. Nelle lunghe notti silenziose, gli pareva di sentirlo tossire, far scricchiolare la cuccetta di ciliegio, parlare nel sonno. La solitudine, l'abbandono e i pochi soldi rendono l'uomo accorto. Undicesimo comandamento: arrangiarsi. Si impara quello, dopo i soliti dieci.

Il "ragazzo del '99" conosceva ogni tipo di erbe commestibili, radici che guarivano tagli, mal di stomaco, foglie miracolose per sangue di naso, tuberi che curavano infezioni e un pochino mitigavano l'alopecia. Ma non del tutto visto che il vecchio esibiva un cranio d'osso antico, color nocciola, nobile, levigato come un ciottolo di torrente. Gli ricordava alcuni personaggi caravaggeschi. Quando, stanco e triste, lasciò che la barba prendesse a calare verso la cintola, era diventato un vero modello di Caravaggio.

Lasciò al giovane un inestimabile bagaglio di conoscenze, esperienze, saperi e accortezze. Lungo la vita gli furono utili, tutte tranne il tubero salva capelli. Che però un tantino servì dal momento che qualche crine gli è ancora rimasto.

Morto il vecchio toccò agli altri. Tutti anziani, silenziosi, stanchi. Anno dopo anno le vie si svuotavano, le contrade tacevano, i comignoli non fumavano più. Uno per volta gli anziani toglievano il disturbo. La morte addentava le poche avvizzite ciliegie rimaste nel cesto di quel paese abbandonato. Le masticava inesorabile, golosa, metodica.

Quando morì l'eroe taciturno e segaligno, il termometro segnava ogni giorno meno venti. La terra sotto un metro di neve era dura come pietra. Niente si muoveva o parlava, nessuna voce, nemmeno quella degli animali. Solo i rami degli alberi dondolavano appena sotto il peso della neve e il fiato gelido della brezza invernale. Si faticava a rompere la terra di marmo per mettere a riposo eterno il morto.

Si faticava, il freddo impediva di sudare, non ci furono lacrime, l'eroe non aveva nessuno a piangere per lui. Tante storie potenti e dignitose finiscono senza voce. Sepolte nell'oblio dell'indifferenza di chi dovrebbe porre attenzione agli ultimi, che non torneranno più a farsi sentire, a chiedere aiuto in silenzio, domandare pane non con la bocca ma con la magrezza del corpo e la sporgenza delle ossa.

Dopo la valanga di terra dentro l'acqua, terra sulla terra, terra sui corpi straziati, il tempo si fermò nel dolore. E lì rimase per sempre. Un racconto infinito che ancora circola nel vento della memoria, una storia dimenticata in fretta dalle istituzioni. Una tragedia che si spegnerà con gli ultimi. Forse qualche traccia rimarrà nei libri di storia, probabilmente nemmeno lì.

Fu provocata dai potenti della nazione, che a quel tempo imperavano, comandavano, dominavano. Uomini senza scrupoli, usciti a testa bassa dal ventennio ma che l'hanno presto rialzata. Imponendo la legge del silenzio alla povera gente, vennero, videro, vinsero. E che vittoria! Duemila morti di cui quattrocentottantasette bambini. Fatto il danno se ne andarono alla chetichella, richiamati da quelli più in alto, capi che stavano a Roma, deretani grassi sulle poltrone. Fuggirono come topi trascinati da una specie di pifferaio di Hamelin che però, invece di buttarli nel baratro come avrebbero meritato, li portò in salvo. Lo stesso pifferaio nazionale, sulla piana melmosa di un paese che non esisteva più, prometteva giustizia ai superstiti. Nemmeno un anno dopo difendeva il colosso dell'elettricità, responsabile del macello, in qualità di avvocato.

Ma non hanno vinto sulla povera gente. Hanno ucciso un po' di anime tranquille, che spingevano faticosamente in salita il carro pietroso delle loro esistenze. E hanno silenziato le altalene dei bambini che non vivevano più.

Dimenticavano però che i bimbi rinascono come i virgulti nei boschi inceneriti dal fuoco. E così gli scampati tornarono. Lo Stato li aveva dispersi nei paesi di valle, sparpagliati qua e là come sementi nocive al potere e al denaro, unico interesse di quei campioni del cinismo. Non sapevano, e non sapranno mai, che le radici degli uomini sono elastiche, specie quelle di chi vive sul ripido. Appena possono, appena sentono l'ora del campanile lontano, mollano la presa. L'elastico delle origini con un guizzo li riporta alla terra natìa, al ricordo del latte materno, al camposanto dove finiranno assieme ai loro avi. C'è un tempo per tutto e per tutti. Basta aspettare senza farsi problemi, non chiedere lumi al futuro giacché il futuro è un tempo e in quel tempo dorme l'ignoto.

Così andava il canto delle stagioni.

Piano piano la gente tornò al paese infrangendo una

legge volgare e ignobile, formulata da chi aveva ucciso. Un provvedimento infame impediva agli scampati di metter piede nelle case dove erano nati, cresciuti e dove avevano visto i loro vecchi morire nelle camere di legni antichi. Solo il tempo tornò ad aiutare i superstiti e fu galantuomo. Lentamente la natura guariva le ferite di quella terra smembrata, disossata, giallastra di argilla e croda morta. Ma l'animo di coloro che avevano visto e se l'erano cavata per un pelo non guariva. Oggi, dopo sessant'anni dal genocidio, ancora piange, pensa e *piura.*[13]

Il giovane superstite era stato costretto a lasciare i monti benedetti e calare al piano, dove non esistevano picchi rocciosi né vette innevate. Se alzava lo sguardo, vedeva lassù in alto, remote e misteriose nell'azzurra lontananza, le sue montagne.

Gli dissero che scrutando a destra si intravedevano quelle dell'Austria. Ricordò allora il nonno che un giorno lo trascinò in punta al Cevìta. Aveva forse nove anni. Il vecchio puntò un dito enorme verso destra dicendo che là era Austria. Suo fratello ci aveva trascorso trentadue anni a fare il boscaiolo prima di morire travolto da un mastodontico faggio.

Non si è mai esperti abbastanza, aveva concluso il nonno.

Quel remoto giorno lassù, sulla punta del Cevìta, il ragazzo capì che non sarebbe mai finita. All'orizzonte si stagliavano nel sole del meriggio centinaia di cime

[13] Soffre.

incandescenti come candele accese. O smettere subito e chiudere lì o andarle a cercare. Una alla volta, con umiltà, coraggio e pazienza.

Oggi, a settantatré anni, sta ancora cercando montagne per conoscerle, salirle, vedere i loro occhi di pietra sulla vetta.

Quel giorno al Cevìta, il nonno gli indicò, chiamandole per nome, tutte le montagne che, come un immenso abbraccio di silenzio, circondavano il paese e loro due. Si fermò in particolare su una dalla punta bifida.

Disse che era il Toc e che quel picco solitario, coperto di pini mughi, lo preoccupava. Ai suoi piedi i signori del cinismo stavano riempiendo d'acqua la valle. Avevano innalzato un immenso foglio di cemento, alto trecento metri, che sbarrava il corso del torrente. Per questo affronto alla natura, il Toc brontolava, si agitava, muoveva i piedi.

Non sto tranquillo, disse il nonno al nipote.

Vedeva lontano quel vecchio larice che sapeva di tabacco masticato e muschio, grappa di genziana e mosto. Era il mese di giugno quando salirono il Cevìta. Un giorno fondamentale che il ragazzo non dimenticherà.

Il nonno, per fortuna, non fece in tempo a vedere il macello di duemila persone. Morì nel 1962, in agosto, il ventiquattro, travolto da un'automobile a Belluno. Aveva ottantaquattro anni.

Più o meno tredici mesi dopo, il nove ottobre del 1963, il Toc si rovesciò nel lago. Piovve terra sulla terra, terra nell'acqua, terra e acqua sui corpi straziati.

Il vento dei ricordi passa di notte. L'aria sottile della memoria muove le rade foglie del vecchio albero tutti i giorni. Dorme pochissimo, due, tre ore. Quando va bene, o ha bevuto, quattro. Vuol guadagnare vita, è conscio che il sentiero s'accorcia, il tempo che resta è breve e il sonno è morte. Allora ha tarato la meridiana della mente imponendole di scuoterlo alle tre, o poco più. Non usa sveglie sonore, ciniche e precise, che godono nel farti sobbalzare. La sua meridiana non fa rumore, non è precisa, può errare di qualche mezz'ora, ma non manca di svegliarlo col caffè di fine notte, il grappino d'inizio giornata, la nuda speranza del giorno.

Ora che è vecchio, coltiva con calma e dolcezza le passioni raccolte da bambino. Una volta, ai tempi di gioventù, quando aveva forza, sciaguratezza ed entusiasmo, era competitivo: voleva vincere, primeggiare, esagerare, impressionare, colpire. Era pieno di sé e sciocco. Oggi, da lontano, vede il fallimento dello stupido, incauto, arrogante e vanitoso montanaro.

Il nonno lavorava i tronchi con sgorbie, scalpelli, asce, trivelle e altro.

Non vedo più, diceva imprecando al soffitto.

Forse voleva rivolgersi più in alto. Il bimbo guardava, ascoltava, imparava. Non si capacitava che un uomo non vedesse bene. Ora ha capito. Da giovani non ci si rende conto che gli anziani possono avere, o hanno, problemi più o meno gravi. Il ragazzo reputava lamentosi e pettegoli i vecchi che dichiaravano difficoltà. Anche suo padre, in seguito, lo collocò tra quelli di lagna. Oggi, memore, coi suoi figli non si lascia andare ai lamenti nemmeno se sta per morire.

Coltivare l'ortaggio del passato è opera buona, saggia, accorta. Se annaffiato di memoria ci evita di ripetere errori, spesso ci evita il doppione delle sciocchezze, preserva dal ridicolo. Non ci risparmia però di ricordarci quanto siamo stati ridicoli da giovani. Quindi attenzione: evitiamo di esserlo di nuovo nell'età del sentiero breve.

Questo pensa il maturo montanaro quando vede i suoi coetanei che si tingono i baffi, o la barba. O i capelli, coloro che ancora li tengono piantati sul cranio. Vi è un tempo per tutto e va rispettato, assecondato, accompagnato con dignità verso la fine. L'uomo riflette sulla vecchiaia, vi trova dei vantaggi. Sorseggia il bicchiere di rosso, fuma mezzo toscano, guarda le vette di Camp e Col Nudo, Certen e il tragico Toc. Diventare adolescenti senza l'affetto dei genitori lascia un solco profondo, che non si riempie. Ma ha un vantaggio: resta aperto, pronto a ricevere buone sementi e far crescere, concimate dall'esperienza, piantine di valore. Nelle terre estreme, dicono, non vi è male che non porti qualche bene. Certo, si farebbe volentieri a meno delle disgrazie, il vecchio lo sa benissimo. È stato colpito negli affetti fin da piccolo. Da adulto pure. Da vecchio ancora, e nella maniera più subdola che possa inventar la maligna sorte. Vedere figli combattere in silenzio contro malattie che portano ai ferri corti con la vita non è il modo migliore per invecchiare. Ma tant'è! Bisogna resistere, andare avanti, sentire, cercare, trovare qualcosa che muova ancora un sorriso. E qualche speranza.

Il vecchio, dopo le tempeste che per anni hanno triturato il suo animo, oggi sta guardando di nuovo un orizzonte. È lontano ma tinto di azzurro. Qualche nube lo oscura, ma passa veloce, per dar spazio alla luce di una speranza in arrivo.

Era giovane quando assieme a una rondine cercò di costruire un nido. Aveva ventiquattro anni. In quel nido, cementato da pochi e poveri materiali, nacque una rondinella. Pareva tutto a posto, invece la fucilata improvvisa della sorte abbatté la rondine madre che cadde fulminata. Rimase il vuoto. Un appiglio su quell'abisso glielo fornirono i genitori di lui, che imbeccarono la rondinella implume finché fu adulta e volò da sola.

Con quell'impegno nobile e generoso ebbero modo di riscattare l'assenza e la mancanza d'affetto che avevano fornito in dosi abbondanti ai figli. Fu un grande aiuto. Loro ebbero in regalo la compagnia e l'amore della rondine ferita, che li aiutò, li coccolò accompagnandoli al sentiero finale.

È stata una vecchiaia difficile, complicata, triste e spesso rancorosa, quella dei genitori dei due rimasti. Forse il passato gli stava presentando il conto e si vergognavano. O forse è più giusto dire che entrambi erano andati via di testa. Quando rimorsi, colpe, peccati sono troppi, e vengono a cercarci, e fanno male perché ci mettono di fronte il passato dei fallimenti, l'unica salvezza è rifugiarsi nella follia. E così fecero.

Il primogenito non ha avuto tempo per chiedere lumi, chiarimenti, o sentire giustificazioni. I due vecchi, quando era giunto il momento delle domande, se n'erano andati nel regno della follia, quattro anni prima di quello delle ombre. Aveva rimandato troppo a lungo. Per anni non aveva trovato il coraggio di affrontarli e metterli davanti alle loro colpe. Avrebbe voluto domandare al padre perché legava i due figli più grandi agli alberi del cortile dopo avergli fatto trangugiare olio di ricino. Avrebbe voluto conoscere i motivi per i quali aveva mandato in coma sua moglie per tre volte. Era la madre dei figli che poi avrebbe abbandonato. Tre volte quasi morta. Avrebbe voluto sapere perché la sua faccia non portava mai sorrisi ma soltanto rancore e vendetta. Avrebbe voluto sapere perché, dopo la valanga di terra nell'acqua, aveva spedito i suoi genitori, nonni dei ragazzi, e la zia sordomuta in un ospizio lontano. E perché quando quei vecchi imploravano di poter vedere i nipoti, non li ha mai portati da loro?

Quante domande ancora? I nonni e la zia sordomuta morirono uno alla volta, soli, senza mai incontrare i ragazzi, latitanza totale di riconoscenza. Avrebbe voluto rammentare a suo padre che quei vecchi avevano allevato i suoi figli quando lui e la moglie li avevano abbandonati.

Le altalene andavano e venivano, le risposte no. Per ottenere risposte servono domande, e il maggiore non ne pose mai. Sapeva che non avrebbero risposto. Prima nascosero le infamie nel silenzio, dopo nella follia, alla fine nella morte. Meglio così, pensa oggi ormai più che settantenne. Ma le storie venivano avanti giorno dopo giorno, spietate, una dopo l'altra, precise, nitide, come fossero accadute il giorno prima.

Quando si tratta di dolore la memoria non ha passato, solo presente. I ricordi non hanno oblio ma una nitidezza fulminea, come saette che perforano e arano i campi lontani dell'infanzia.

Da settantatré anni cerca i sentieri della dimenticanza. Cerca di non tornare indietro nell'esistenza, evita di rovistare nella spazzatura di storie sciagurate, fatti abominevoli vissuti da tre ragazzi orfani di genitori viventi. Non c'è niente da fare. Quello che è stato torna sempre. Limpido e preciso, indenne da sfumature, integro, senza nulla di lasciato per strada. Non risparmia nemmeno un filo d'erba di dolore. Il vissuto sulla pelle è tatuaggio indelebile. Inchiostro d'inferno gelido, morte dell'entusiasmo, fine delle speranze. È un rassegnato tranquillo, il vecchio. È in attesa di giorni, stagioni, inverni e neve di ricordi. Ma, nonostante tutto, a primavera ascolta ancora, tende l'orecchio al cuculo. Che arriva puntuale. Dal primo aprile al quindici, un giorno o l'altro, apre il canto gioioso di rinascita. L'uomo vorrebbe rimanesse tutto l'anno. Quella voce gli mette dolcezza nell'animo, un po' di allegria, forza di ripartire, voglia di boschi, torrenti, notti all'aperto e natura incontaminata. Lassù resiste ancora indomita la natura.

Alcuni anni dopo lo sfascio del primo nido, si convinse a costruirne un altro. Stavolta andò meglio: la rondine madre regalò tre rondinotti, due femmine e un maschio. Per un lungo periodo filò tutto liscio. Ma le nubi s'addensavano all'orizzonte. Seppur lentamente, nel volgere di anni, il loro colore inchiostro si faceva sempre più livido.

Ormai adulto e padre, aveva cominciato a guadagnare qualche lira modificando tronchi di legno. Li tramutava in statue. Vendeva quei torsoli rosicchiati con tariffe da boscaiolo. Essendo veloce nell'esecuzione, pareggiava i conti facendone molte. Tirava avanti con qualche bagliore di felicità vedendo i pargoli crescere. Erano i fiori più belli nella serra del riscatto da una vita infelice e per molti versi sciagurata. L'aveva costruita da solo, coprendola accuratamente con teli di prudenza, affetto e attenzione. Innaffiava i seminati con l'acqua della presenza costante, concimava il tutto con l'amore e la passione per quell'orto al riparo dalle tempeste.

Aveva dimenticato che non vi è copertura che fermi gli uragani di grandine e pietre acuminate. Ma i luoghi condizionano le scelte, ci si deve adeguare al terreno, quello in cui crescevano i suoi fiori era verticale. Erto, per usare un altro aggettivo. Nella serra nata sul ripido delle difficoltà, piantò fiori che gli piacevano particolarmente. E venivano su bene. Sementi di lettura, scultura, scrittura, bulbi di movimento: scalate, camminate, sciate calando dalle vette piene di neve. E notti all'aperto per sentire i misteri del bosco e vedere la luna camminare con lui.

Questi gerani dell'anima gli salvarono la vita. Ne è fermamente convinto. Hanno messo radici perenni, solide e profonde, che si rinnovano giorno dopo giorno, stagione dopo stagione, anno dopo anno. Il tempo è corso veloce, scivolato tra pietre e muschi, come l'acqua di quel torrente canterino, bello e innocuo che gli uomini fermarono originando la catastrofe. Ora, dopo tanti anni, è tornato a cantare come una volta, ma la sua voce è cambiata. Le tragedie lasciano dolore anche alla natura, agli animali, nelle montagne che ricordano i fatti e s'avviliscono.

È sbagliato pensare che la terra non senta male. E lo sta dimostrando. Il vecchio montanaro se n'è accorto da molto. E lo ha gridato, denunciato, fatto notare. Ma niente! Sordità ovunque. Quando sui paesi s'abbattono uragani, alluvioni, venti micidiali chiamati Vaia, grandine come uova, non è la natura che si vendica, bensì la Terra che urla, grida, manifesta il suo dolore, la sua paura. Gli uomini non ascoltano perché non sentono. Se l'udito non è attento le grida scompaiono sul nascere. Ma un giorno quelle grida torneranno tutte insieme, come un'eco lontana, e si faranno sentire a boato di valanga. A quel punto, non essendoci rimedio, non vi sarà scampo. Siamo già sulla buona strada.

Povera umanità che non ascolta le grida d'aiuto della terra dove gli uomini vivono e si coricano alla sera. Gli animali sono meglio, sentono e avvertono che qualcosa non va. Quando piovve terra sulla terra e terra nell'acqua, le mucche nelle stalle muggivano, quasi spaccando le catene. Le pecore belavano, le capre urlavano di paura. I cani latravano spaventati, le galline starnazzavano di rabbia perché paura non avevano. Dicevano la loro e basta. La povera gente taceva, i potenti non li lasciavano protestare. Gli stessi padroni che rubarono la terra e l'acqua, cinici e spietati, non vollero ascoltare la natura che avvertiva.

Denunciarono altresì una donna coraggiosa, una giornalista che aveva intuito e segnalato l'imminente catastrofe. Non dettero retta nemmeno a lei. Venne processata a Milano per "notizie false e tendenziose, atte a turbare l'ordine pubblico". Qualche mese dopo, successe quel che lei aveva previsto dalla A alla Z. Non ricevette neanche delle scuse. Il potere, oltre che violento e prevaricatore, è pure cafone, maleducato e vile. Il vecchio montanaro ha capito da tempo che le bestie, così chiamate, sono migliori di certi uomini detti esseri umani.

L'altalena dei figli penzola al vento nel bosco delle Spesse. Ogni tanto va a sedersi tra i larici, pensa a loro che tanti anni prima dondolavano sul vuoto. L'uragano a quel tempo stava ancora lontano. Un giorno vide un maestoso corvo imperiale appollaiato sul seggiolino che era stato dei bambini. L'aria dell'autunno calava dal Borgà e lo muoveva avanti-indietro. Pareva si divertisse, forse si divertiva davvero. Stava arrivando novembre. Le ombre della sera salivano dal basso mischiate alle nebbie del torrente. Il tappeto soffice di aghi, caduti in silenzio dai larici, faceva da cuscino al vecchio. Sembrava fuoco sparso e gli dava un senso di calore. Fiamme piatte, rosse, gialle, ferme dentro il bosco. Tra quegli aghi multicolore giravano formiche in cerca di resina. Quando prevedono molta neve creano una punta al formicaio. Poi lo saldano con palline di resina. Ce n'era uno poco distante, aveva la punta. Al vecchio primogenito venne il groppo in gola. Si alzò, non riusciva più a stare lì. Il corvo imperiale, spaventato, spiccò il volo. L'altalena ondeggiò vuota. Vuota di voci e di bimbi. Ogni volta che andava in quel posto, vedeva i suoi figli ridenti, emozionati, felici, dondolarsi nel vuoto. La chiamò "la radura dei bei sogni". Sa benissimo, il vecchio, che i figli crescono, studiano e prendono i loro sentieri di lavoro e vita. Sa pure che i genitori invecchiano se godono il beneficio della salute. I suoi tenevano salute di ferro, ma era come fossero morti di cancro. Tumori in entrambi. Cellule malate di ignoranza, rozzezza, incomprensione, trascuratezza di sentimenti. Cellule in metastasi che avevano ucciso i loro cuori, contaminato le loro anime. E annientato il sorriso dei figli. C'è voluta la chemioterapia della morte per guarirli e farli riposare in pace. Finalmente tranquilli, sotto la terra del camposanto, a pochi metri dalla vecchia casa.

Qualche notte, quando non dorme, o ha bevuto, o entrambe le cose, va a coricarsi laggiù, tra quei muri vuoti e silenziosi, dove è cresciuto assieme ai fratelli. Si butta sul logoro divano dove, all'alba di un precoce autunno, morì sua madre a ottantasette anni. Nella camera di sopra, fatta di larice e ciliegio, spirò nel sonno suo padre, anche lui a ottantasette. Precedette la moglie di cinque inverni. Nel suo caso fu la primavera gelida del sette marzo a portarselo via.

Il maggiore non va nella casa vecchia per dormire. Non si dorme tra il dolore dei ricordi e le ombre del passato. Va per star male, addentato dai rimorsi. Per ascoltare, sentire, ripensare agli anni che abitò nel rancore. La parola "amore" non aveva mai varcato la soglia di quella tana poco accogliente.

Se ci fu una qualche manifestazione d'affetto, i ragazzini la ottennero dai nonni paterni e dalla zia sordomuta. Ma erano molto vecchi, ne avevano passate di ogni colore, i sentimenti di quelle anime antiche si erano quasi disseccati. Emanavano quel che restava, come potevano. Come un tenue profumo di fiori appassiti. Abituati all'assenza, i bambini apprezzavano molto, per loro era calore. Non pensavano che di lì a poco quei fiori secchi avrebbero lasciato cadere i petali degli anni e il vento della fine avrebbe spezzato i fragili gambi senza fatica. E allora tende l'orecchio. Sente leggero il passo dei ricordi, ode le voci dei genitori che gli sussurrano qualcosa. Non urlano più, non baruffano, non gridano insultandolo.

Come stai? Dove sei, che vai facendo?, gli sembra che dicano.

È quello che avrebbe voluto udire quando erano in vita. Ma non lo fecero, rimasero muti, irascibili, astiosi.

Quando è laggiù, nella vecchia stamberga, adotta l'infallibile metodo di sognare a occhi aperti. Quel metodo che lo ha salvato e gratificato. È sufficiente immaginare per contentarsi. È quando si vuol realizzare progetti a tutti i costi che l'animo s'incattivisce. Raggiungere quel che ognuno vorrebbe è impossibile. A volte anche velleitario, capriccioso, pieno di vanità e gola di successo, di essere noti, all'attenzione del mondo. Quasi sempre è così e quasi sempre non avviene.

Quando andava nelle scuole, a dare qualche dritta ai bambini delle elementari e ai ragazzi delle medie, usava far loro un esempio. Spiegava che il successo è come il gufo. Di notte canta la sua tristezza a un metro da te. Tu vuoi andargli vicino, vederlo, toccarlo. Ma lui scappa e salta un metro più in là. Così ti fa girare il bosco tutta la notte. Ma se ti fermi, ti siedi e te ne freghi, ecco che ti si posa sulla spalla. Tutto per dire che se insegui spasmodicamente il successo, questo beffardo si allontana da te. Allora fregatene, fa' il tuo lavoro con passione, perché ci credi, ti piace, ti permette di campare. A quel punto il successo è molto probabile ti venga a cercare e ti salti addosso. Questo diceva ai ragazzi, ma non era facile convincerli.

Il polemico montanaro si è accorto che i giovani hanno fretta di arrivare. I vecchi pure hanno fretta. Vogliono godere le ultime soddisfazioni, gioie, vizi e scorpacciate di vita che gli riservano i pochi anni a venire. Così che i vecchi, alla fine, hanno più fretta dei giovani. E si possono capire e assolvere. Lui no. Il primogenito a settantatré anni si è risolto alla lentezza. Ha corso troppo. Un'esistenza precaria e sciagurata che lo relegava sempre ultimo: perciò correva scalciando per arrivare almeno tra i primi otto-dieci. Niente. Sempre ultimo, come il grande ciclista Luigi Malabrocca.

Però rammenta che in certe faccende, che oggi vorrebbe dimenticare, era primo. Tre processi per bracconaggio, due per ubriachezza molesta. Uno, più serio, contemplava: sequestro di persona, interruzione di funzione religiosa, turpiloquio e bestemmia in luogo sacro. E offese personali a ministro di Dio. In seguito con quel prete diventò amico, uno dei pochi che ancora stima. Subì un altro processo, quest'ultimo davvero grave. Si trattava di attentato a beni dello Stato e altre aggiunte che più non rammenta. In pratica, lui e un amico avevano cercato di danneggiare le urne elettorali perché a quel tempo in paese vinceva la DC. Non lo scusa di certo la follia di gioventù, anche se a vent'anni si è tutti un po' matti.

Fino a una certa età visse a forti pasti di adrenalina, poi intuì che sarebbe finita male e si chetò. Sulla nebbia dei suoi anni cala sempre più spesso il vento maligno del passato. La spazza via deciso, mettendo in luce con spietata nitidezza i ciottoli levigati dalla corrente impetuosa dei giorni. Non hanno più spigoli, né angoli acuminati, né bordi a fil di rasoio. Sono diventati lucidi, ridotti all'essenziale, sospesi da equilibrio indifferente. Vi sono tre forme di equilibrio: stabile, instabile e indifferente. Se lanciamo una sfera da bocce, si fermerà da qualche parte sul campo quando esaurisce la forza che abbiamo impressa. Le altalene esigevano dai bambini equilibrio stabile affinché non cadessero dal seggiolino. Loro invece, come la boccia, si fermavano quando non c'era più spinta. Equilibrio indifferente.

L'esistenza del vecchio montanaro è stata così: tenere equilibrio quando sotto i piedi tutto si muoveva, sussultava, si sgretolava. Per rimanere ritti nel ripido, quando il pendio franava, occorreva l'allenamento dell'acrobata sul rullo. Molte volte aveva visto diavoli di sabbia danzargli intorno perché sotto i piedi aveva cenere dispersa. Sapeva che quella cenere era stata fiamma, legna, calore in una famiglia formata da tre vecchi e tre bambini. In quella casa giorno dopo giorno il fuoco ripartiva. Bastava disseppellire le braci dalle ceneri, metterci legni secchi e soffiare. Per questo genere di vita, servono persone dotate di affetto, unione, carità, pazienza, e soprattutto che s'accontentano di poco. A tener vive le braci serve l'ultima favilla. Ma bisogna aver fiato per soffiare.

Nel bisogno estremo, il fuoco nel camino diventa forma di cibo. Era polenta, minestra, zuppe di fagioli, cotiche prese a prestito da rendere l'anno dopo. Erano pentole di vino bollito nelle notti pacifiche di Natali pieni di neve. Chi non ha conosciuto alcuna ricchezza, nessun agio, privilegio, nessuna comodità, né lusso, non riconosce la povertà. Per realizzare che si è poveri è necessario vedere le case dei ricchi, quello che mangiano, come vestono, le auto che hanno. Ignari e a digiuno di queste cose, i tre bambini erano convinti di esser ricchi. E lo erano davvero: stavano bene, circondati dall'affetto un po' stanco e tremolante ma non blando, soprattutto senza fronzoli, dei vecchi. I quali sapevano cosa serviva per nutrire corpo e anima dei nipoti. La nonna metteva tre ciotole di minestra fumante sul tavolo.

Mangèi, diceva.

E basta. Non serviva ripetesse. Lappate le scodelle era turno di formaggio, ricotta, polenta abbrustolita. Finché non era finita quella non ne cuocevano altra. Le croste dei formaggi, fuse nel paiolo, si accompagnavano con quattro-cinque uova e la festa dello stomaco era al culmine. La storia si ripeteva quasi sempre uguale. Solo ogni tanto compariva qualche rarità, detta primizia. Quel che porgevano la terra e gli animali, con abbondanti quote di selvaggina, fu l'energia base per crescere, diventare forti e, soprattutto, capire. Capire che occorreva accontentarsi, stare buoni, apprezzare e non fare gli schizzinosi. E non lo erano di certo. Il segreto per far diventare eccellenti i cibi più scarsi, poveri, magri e resi all'osso da ripetute bolliture, era la fame. La fame è il più formidabile, infallibile e onesto critico gastronomico. Su ogni tipo di mangiare dà giudizi positivi. Altro che stelle Michelin, o gamberi colorati! La fame è l'unico giudice gastronomico giusto, severo, implacabile, perfetto. Soprattutto generoso. Assegna dieci e lode a croste di polenta intenerita da caffè d'orzo con aggiunta di vino rosso. Non che ai bimbi mancasse il cibo, ma non si doveva scartare nulla, nemmeno le bucce di patata. Prima o dopo, nell'arco della settimana, toccava anche a quelle fare nutrimento. Il caffè d'orzo, con vino e polenta sbriciolata dentro, è stata la colazione del mattino fino a quando non piovve terra sulla terra e terra nell'acqua. Dopo arrivarono cibi mai visti né degustati. Ma a quale prezzo! Suonava la campana della sera, segnale di ritirata. Dopo le ore di scuola, c'era il lavoro. Fieno, legna, foglie d'autunno per stramare la vacca. Mungerla, cagliare il latte, la ricotta, battere il burro, governare il maiale.

Tre quarti di quei prodotti venivano ceduti alla signora Cate, che teneva bar e negozio di alimentari. Dava in cambio pasta, conserva, sigari per il nonno e qualche bottiglia di marsala. Cate regalava molto di più del valore degli umili prodotti caseari.

Il maggiore sa che si son salvati dall'indigenza a merito di quella nobile signora dal cuore grande. Suo padre Pilin, deportato a Dachau, non tornò. Se la cavarono alcuni paesani, tre, da Mauthausen e dallo stesso Dachau. Geremia tornò da Buchenwald. L'esperienza di quegli uomini, di quei "sommersi e salvati" per ricordare Primo Levi, fu talmente feroce che difficilmente ne parlavano. Il ragazzo maggiore domandava, chiedeva, voleva sapere. Ma loro niente. Alzavano la mano come a scacciare ricordi mostruosi, vespe aggressive che ancora pungevano. Fu grazie a quei superstiti se il giovane scelse di stare dalla parte di coloro che combattevano nazismo, fascismo e ogni forma di prevaricazione sui propri simili. Oggi, di quegli uomini che avevano visto l'orrore e provato sulla pelle ogni sorta di tortura, non è rimasto nessuno. Sono scomparsi avvolti nel sudario del loro silenzio. L'oblio della dimenticanza non li ha collocati nella storia, ma in quell'inferno di morti vivi, c'erano anche loro. In ogni parte del mondo vi sono persone crudeli, dittatori che soffocano il respiro di chi non è d'accordo. Al maggiore, questi boia al potere non sono mai piaciuti. Finché camperà farà di tutto per opporsi a ogni forma di dittatura, di qualsiasi colore essa sia.

Sul bordo alto del campanile facevano il nido le rondini. Anche loro sospese al vuoto della vita. Ogni tanto qualche piccolo cadeva e moriva sulla via. Gli altri crescevano, volavano, trillavano nel cielo, rondinotti fortunati rispetto ai piccoli caduti. Gli ricordavano il fratello volato giù dal nido sui monti e morto in una piscina in terra straniera. Quando uno va, altri restano a patire. Finché non se ne andranno anche loro, col pesante pastrano del dolore che non riescono a levare.

Ancor oggi il maggiore coltiva il passato, lo annaffia di memoria, non vuole che muoia, lo fa vivere. Il tempo, anziché rimpicciolirlo, lo fa crescere. Si vorrebbe imporre questa scelta giacché per quell'uomo fatto di rimorsi dimenticare è tradire chi non c'è più. Ogni tanto riflette, dice che andare avanti così è una condanna ma non ce la fa a posare la gerla dei ricordi. Vorrebbe rinnovare la sua vita, almeno negli ultimi anni, liberarsi da morti e ombre, rimorsi e colpe. Fantasmi con il volto, che tornano alla sera. Soprattutto nelle interminabili notti invernali quando la terra giace sotto la neve e nel silenzio tutto il passato si raduna nel cervello. I fatti del tempo che fu si chiamano, si invitano, chiedono udienza.

Troviamoci tutti assieme, dicono, andiamo da quello lì che pensava di far giusto, di non sbagliare mai, di aver sempre ragione. Andiamo a fargliela pagare.

Non sanno che gli consegnano un regalo.

Un giorno d'estate s'arrampicò sul campanile sotto il bordo alto, dove con la malta attaccavano il nido le rondini. Era il tempo della fienagione, un sole di braci forava il cappello ai vecchi appisolati sui tronchi davanti alle case. Qualcuno dopo la tragedia della terra nell'acqua teneva ancora un po' di bestiame. Falciavano a mano, per conservare il ricordo, ma non cantavano più. Non vi era posto per i canti e nemmeno allegria e sorrisi. Il più vecchio, assieme al fratello rimasto, era tornato al paese ferito. Tra quelle umili pietre erano cresciuti, di conseguenza avevano bisogno di quei luoghi per stare bene. Non si vive di pane ma di luoghi amati, immagini, memorie d'infanzia, solai scricchiolanti, fuoco nel camino, e inverni sotto la neve. La nostalgia di quello che abbiamo sperimentato da bambini, di ciò che abbiamo avuto e non ci appartiene più, fa tornare sui posti del vissuto. E quelli si mettono a raccontare.

Ti ricordi così, ti ricordi colà? Quel giorno che sei caduto dalla montagna, quel giorno di qua, quel giorno di là...

Questo dicono i luoghi dell'infanzia al vecchio che torna a cercarli. E non si fermano. Raccontano tutto per giorni, mesi, anni, finché il vecchio non chiuderà il suo tempo nell'ultimo respiro.

La memoria è un libro letto all'indietro, il suo narratore il ricordo. Un romanziere che scrive su pagine d'aria, vento, case abbandonate, camini senza fumo, occhiaie di finestre vuote. E altalene senza bambini. Ma ogni tanto lo scrittore del passato racconta fatti allegri, sorrisi di bimbi, storie di vecchi, focolai accesi, feste dei santi Rocco e Bartolomeo, sagre, odori di fieno, di stalla e concimaie antiche. A queste letture il vecchio non regge molto. Gli cade qualche lacrima. Allora chiude il libro, occulta il narratore del tempo e va in osteria a dimenticare per un po' il suo autore preferito. Quell'uomo complicato, irascibile, a volte taciturno per dolore, ha sempre aspirato a vertici importanti giungendo solo nei pressi. Mai in cima. Le uniche vette raggiunte quelle delle montagne. Collezionista di stecche senza biliardo, cocciutamente continua ancora a provarci. Mai arrendersi, pensa. Ma, giorno dopo giorno, le sue ambizioni sono calate parecchio. Non vale la pena perdere altro tempo. Ha iniziato a fare quello che gli piace, senza obiettivi, regole, costrizioni e ricerca di altezze. Tranquillo, i figli adulti, laureati, un paio di nipotini, deciso a godersi la vecchiaia o quantomeno gli ultimi anni, fa soltanto ciò che lo diverte. Arrigo Boito, librettista di Giuseppe Verdi, diceva: "Io sogno un'arte eterea che forse in cielo ha norma, lungi dai rudi vincoli del metro e della forma". Era nato qui vicino.

Sotto il bordo alto del campanile, senza far rumore, allungò la mano e con un guizzo afferrò una rondine. Le aveva sempre viste da lontano tracciare virgole nell'azzurro, o nei nidi smaltati sotto i tetti. Per una volta volle toccare dolcezza, bellezza, libertà, leggerezza. Le rondini sono tutto questo. E altro. I rondoni no. Falciatori d'aria nei cieli estivi, sono arroganti, sfacciati, agitati e volano sempre. Non ama quegli uccelli. Un essere vivente deve darsi anche pace ogni tanto. I rondoni no, nemmeno da vecchi si quietano. Saette con le penne, falciatori alati, lampi e soffi, virate e sparizioni fulminee: questa la loro vita.

Tenne chiusa nel pugno la rondine per qualche minuto. La piccola tremava, impaurita dalla prigionia e, forse, dal calore di quella mano sconosciuta. Non aveva mai percepito dolcezza più grande né visto bellezza e fragilità così assieme. Non è sicuro, oggi che è vecchio, ma si vuol convincere di aver sentito nel palmo il cuore della rondinella che batteva. La ascoltò ancora un poco, osservò la sua paura, poi aprì la mano e godette nel vedere la gioia della rondine che riacquistava libertà.

Molti anni più tardi provò lui stesso la sensazione della rondine. Dopo una settimana dietro le sbarre per ubriachezza molesta e oltraggio a pubblico ufficiale, venne liberato una mattina di primavera. Era maggio, sugli alberi di un parco attiguo al carcere cantavano gli uccelli. Una guardia lo accompagnò all'uscita e aprì la mano. Era libero. In quel momento ricordò la rondine del campanile e di colpo fu un ragazzo felice. Andava di qua e di là, privo di meta, a casaccio per le strade, senza una lira in tasca, senza programmi né progetti. Ma felice. Nessuno poteva imporgli di cambiare direzione, o fermarsi, o tornare indietro. La libertà è anche decidere sull'attimo di fare altro senza che qualcuno ti possa dire no. Quella settimana di galera gli fu molto utile. Imparò cosa vuol dire libertà. E cosa significa perderla.

Quel lontano giorno di maggio percorse la cittadina di montagna che ospitava il carcere, avanti e indietro, più volte. Fu la sua altalena di uomo libero, su quella si dondolò fino a sera. Tornò alla casa sui monti per carità di un venditore di caffè Bristot, che si fermò al gesto del libero autostoppista. Ricorda, ora che è vecchio, quel giorno fuori dalla gabbia. Camminava lentamente assaporando ogni attimo di quell'ora d'aria che intendeva protrarre per lungo tempo.

Ma il motivo della lentezza era un altro. Qualche anno prima aveva raccolto un piccolo di tordo caduto dal nido. Era implume, bagnato e ammaccato. Lo allevò con amore, nutrendolo, e curandolo dalla botta con ogni cautela. Quando fu a posto, e mangiava da solo e volava per casa guarito e felice, il giovane decise di liberarlo. Di fronte al balcone che spiava i prati di Baèrt e Lizòi c'era la chiesa, c'è ancora. Un'ampia vetrata rifletteva il cielo, i boschi e il monte funesto crollato nella diga. Posò il tordo bottaccio sul balcone aperto. L'uccellino tastò col becco l'aria della vita e partì come un razzo. Davanti a sé vedeva la libertà: boschi, cielo e monti. Ma erano di vetro. E nei boschi della chiesa andò a sbattere cadendo per la seconda volta sul terreno. Lo raccolse, lo curò di nuovo, liberandolo questa volta lontano da inciampi e pericoli. Ecco perché, molti anni dopo, riacquistata la libertà, camminava adagio avanti e indietro, stando accorto a non sciuparla, né sbattere in qualcosa.

Quel giorno cavalcò fino a tardi l'altalena dell'aria in faccia. Finché non giunse il venditore di caffè. Bisogna dire che da giovane non si rese la vita facile. Questo passato lo disturba molto, soprattutto ora che s'incammina verso la vecchiaia e la morte. Quante bravate stupide, azioni dettate da tronfia ignoranza, scelte improvvide, decisioni sciagurate che hanno fatto soffrire chi gli sedeva accanto e chi stava più lontano. E non poco. Sentiva che non stava sul sentiero giusto. Lo percepiva nel fisico, nell'anima e negli sguardi della gente. Alcuni molto seccati, altri cattivi, altri nauseati, parevano dirgli: Perché non te ne vai? Qui hai stancato tutti, vattene in qualche altro paese. Il maresciallo dei carabinieri, un tantino più coraggioso dei valligiani ostili al ragazzo, glielo disse in faccia.

Le consiglio di cambiare aria, figliolo, per lei le cose si stanno mettendo male.

Scoprì, anni dopo, che una consulta di paese aveva incaricato l'uomo d'arma di far sloggiare il delinquente. Fu sul punto di andarsene ma l'idea di far contenti i detrattori lo fece rimanere nel villaggio ostile. Gliel'avrebbe fatta vedere lui a quei senza palle che non avevano coraggio di dirgli in faccia quel che pensavano. E rimase. Nonostante gli sguardi e le dicerie sotterranee, restò nella sua terra. Ne aveva diritto come lo avevano i senza palle. Ognuno a casa sua e sguardi bassi.

Oggi quell'uomo vecchio, difficile, che si inimicava il popolo perché diceva a voce alta quel che pensava, s'accorge che ben poco è cambiato da allora. L'ostilità attuale è più sottile, silenziosa, appena sussurrata. Alcuni valligiani se la passano di bocca in orecchio come le tegole dei tetti si passano l'acqua. E di padre in figlio. Oggi, non c'è più il maresciallo dell'arma che gli consigliava di cambiar paese. Oggi vorrebbe andarsene lui. Se non fosse per i figli, avrebbe già lasciato quello che Giovanni Comisso, scrittore eccelso, definì "sinistro villaggio".

Lassù, nella terra estrema, c'è tanta gente perbene,

nulla da dire. Ma esiste una nutrita schiera di detrattori che non perdona quell'uomo che ha tirato fuori la testa dagli escrementi di una vita amara. Ebbene, a questi signori lui non ha risposto né dichiarato guerra, al contrario, per quello che poteva, li ha aiutati e difesi. Un tempo avrebbe guerreggiato duro, quando era giovane si difendeva, attaccando pure quando aveva torto. Ora non più. Giova il silenzio che, assieme al tempo, migliora i giudizi acerbi, fa riflettere sulle proprie colpe. Nessuno è puro, tantomeno innocente. Così qualcuno ha rivisto, e migliorato, i giudizi sul vecchio paesano che, a dirla tutta, ha sempre cercato di aiutare la sua gente. Se qualcuno parla male di te, e non reagisci ma, al contrario, lo aiuti quando ha bisogno, è la miglior vendetta che ci possa essere. Il disprezzatore, se proprio non è una bestia, capirà.

Una volta, nel passato lontano, un bracconiere rubò la lepre al rivale di caccia. L'aveva appesa al gancio della finestra a sgocciolare. Qualcuno lo vide e rivelò al cacciatore l'identità del ladro. Il derubato, al mattino, andò dal tizio con un pacco in carta lucida.

Tieni, disse, ti servirà per la lepre in umido.

Posò l'involucro sul tavolo e uscì. Tutto si concluse in pochi secondi. Il ladruncolo aprì il pacchetto. Conteneva mezzo chilo di burro. Diceva Čechov: "Un uomo lo puoi migliorare se gli fai vedere com'è". Il cacciatore, infatti, migliorò il ladro. Diventarono amici. Ogni primizia che catturava il colpevole la regalava all'offeso. Intanto l'altalena della vita andava e tornava, portando nella scia alti e bassi, gioie e dolori, pace e guerra.

Di guerra il maggiore se ne intendeva abbastanza, soprattutto quando beveva.

Beveva spesso. Per allontanare quel fallimento che sentiva essere la sua vita, annientare la consapevolezza di non vedere né trovare un sentiero, uno qualsiasi, s'attaccava alla bottiglia. E quello non era il bere degli altri. I suoi amici lo facevano per spavalderia, goliardia, curiosità, provocazione, ribellione ai genitori. Lui no. Lui beveva per fallimento, perché si sentiva chiuso in una gabbia e non trovava modo di uscire. Il suo era un bere pericoloso. Ce l'aveva col mondo intero, si scatenava contro tutto e tutti, anche con i pochi amici che restavano. Appena l'alcol agiva, era come se abbassasse la visiera e partisse alla carica, lancia in resta e scudiero atterrito.

Il suo Sancho Panza era un fido amico, forse l'unico fedele, sempre pronto ad aiutarlo o impedirgli di varcare il punto di non ritorno. Beveva anche lui. La sua vita terminò una notte d'estate quando la luna era alta ma non così lucente da impedirgli l'ultimo, cattivo passo. Precipitò in un burrone e così la coppia Don Chisciotte e Sancho Panza si sciolse. Questo scudiero, a volte silenzioso, a volte ciarliero, occupa il primo posto nel libro delle anime. Assieme a Icio Duran, morto pure lui malamente. Testo redatto dall'uomo che oggi pensa e ricorda. Pagine dove ha messo in fila uno per uno gli amici del tempo andato e alcuni attuali. Per ognuno ha tracciato il profilo, un po' di vita, un po' di origini, e molti inciampi. Ne risulta un elenco affettuoso e triste di gente che oggi non c'è più. Sono tutti nel regno delle ombre o, come dicono gli alpini, "andati avanti". Tranne gli attuali, ovviamente, ma sono pochi. Gli scomparsi stavano pure loro sul filo precario dell'esistenza.

Tutti gli umani ondeggiano in un va e vieni di attese, sogni, illusioni. Una volta in alto avanti, una in alto indietro, sfiorando sempre il terreno col culo. Ecco cosa rappresenta l'altalena: alti di qua, alti di là ma col rischio di grattare il suolo. Basta che un solo cavo si spezzi e finiamo rovinosamente a terra. Oppure che le corde s'allentino, o si spacchi il sellino. Sono tanti gli inciampi che possono disarcionarci dall'altalena. Sperando che il suolo dove picchiamo, se non accogliente, sia almeno tenero. Il vecchio ricorda le tante cadute, molte provocate dal padre. Non sopportava che i figli dondolassero. Nemmeno sull'esile cavo delle speranze. Nemmeno sui fili precari dei sogni, che reggevano l'altalena di un futuro in sofferenza. Nemmeno sull'attesa della maggiore età, che avrebbe permesso ai fratelli di oscillare liberi, sospesi a un'altalena creata da loro che nessun genitore sbagliato poteva recidere. Solo il destino del tempo aveva cesoie per farlo. E non ci mise molto ad agire.

Quando cresceva i figli, pazientemente, nel laboratorio di scultore, insegnando loro la manualità applicata a ogni campo dello scibile umano, il genitore ricordava gli insegnamenti di suo padre. Brutali, violenti, inutili a ogni apprendimento, creatori soltanto di paure, insicurezze e sensi di colpa. Allora stava attento a non avvicinarsi nemmeno per sbaglio a quelle tragiche lezioni. E mentre insegnava con dolcezza ai figli tutto quel che aveva imparato dal nonno e altri anziani, si domandava perché il padre li avesse privati di tali dolcezze. Essere un tantino gentile non gli sarebbe costato nulla.

Però, riflette oggi il vecchio montanaro, la brutalità del padre è stata importante, anzi, fondamentale. Gli ha impedito, tramite ricordi dolorosi, urla, botte e fame, di usare quel metodo con i suoi figli. Allora, pensa, alla fine quel padre è stato utile: si è fatto odiare dal primogenito affinché lo stesso non agisse come lui nei confronti dei figli. Gli piacerebbe fosse così, che il padre avesse usato di proposito metodi brutali per aiutarlo nel futuro, quando sarebbe toccato a lui fare il genitore. Ma così non è, lo sa benissimo. Ciononostante gli piace pensarlo e quando lo pensa prova una remota dolcezza verso quell'uomo che lo aveva messo al mondo soltanto per farlo soffrire. Oggi, se lo avesse accanto, gli parlerebbe con garbo e pazienza, gli vorrebbe spiegare che sbagliava, magari lo convincerebbe che non valeva la pena perseverare nella ferocia. E magari, dopo aver posato una mano sulla sua, abbracciarlo, stringerlo forte e recuperare un pochino del tempo perduto davanti a un bicchiere.

Ma ormai è tardi, è sempre troppo tardi nella vita, ormai sono tutti morti.

Di quella dinastia sono rimasti soltanto lui e il fratello minore, che oggi ha sessantasette anni. Venne al mondo nel '56, la notte della Befana. La vecchia passò ai bordi della casa come un coyote ai margini della radura. Faceva così freddo che dimenticò i regali come, del resto, li dimenticavano Babbo Natale e Bambin Gesù. In quella casa, gran dono era non prendere legnate dal padre, non essere legati al pero e al melo, non andare a dormire senza cena, non essere chiusi fuori di notte. Questi erano regali, e non serviva l'albero di Natale per ottenerli. Erano alberi di bosco ceduo, che i fratelli dovevano tagliare in autunno per approntare la legna per l'inverno. Infanzia cancellata, negata, maltrattata, uccisa ancora nel grembo di una madre che prendeva botte ogni giorno e che il maggiore non ha mai visto sorridere. Solo una foto la ritrae sorridente, quella ultima, sulla tomba, in fondo al camposanto, a sinistra di chi entra.

L'altalena di quella donna oscillò solo all'indietro. Quando tentava di andare avanti, picchiava il muso nel muro d'acciaio della violenza del marito che non permetteva alla famiglia nemmeno di respirare.

Bocche giravano all'aria aperta. L'aria fina dei monti sui quali arrancavano per non cadere li rendeva forti e agili ma, pensando al genitore sciagurato, mancava loro il fiato anche sulle vette delle montagne. Si respira male se ti balla in testa il terrore di tornare a casa. Soprattutto quando si è bambini e adolescenti in miseria. Un padre non dovrebbe strizzare i polmoni ai figli schiacciandoli nella paura. Tempi duri per i poveri? No. Tempi duri per i maltrattati, gli impauriti, uccellini che cercavano di volare cozzando contro un cielo di vetro. Vedevano oltre spuntare l'azzurro ma sbattevano il naso. Ci volle la maggiore età per aprire un varco in quella prigione di cristallo. Sopra c'era il sereno, sotto la tempesta.

Il maggiore vorrebbe credere nell'aldilà, e pensare suo padre in castigo da Satana. E che gli vengano in mente i maltrattamenti, le violenze, i soprusi inferti ai suoi figli. Potrebbe essere questa la punizione.

Perché li trattavi così?, gli dirà il diavolo. Li hai fatti vivere male, pieni di paura, senza mangiare, senza dormire, senza affetto, senza niente.

Allora il padre all'inferno capirà finalmente una volta per tutte, e verrà agguantato dal dolore del pentimento e della vergogna. Questa sarà la sua punizione per l'eternità. Il diavolo scenderà nei dettagli e gli chiederà perché un giorno lontano recise l'altalena sulla quale ridevano i figli. Ridevano solo nell'aria, sulla terra piangevano. A quel punto il padre piangerà all'inferno quello che non ha pianto sulla terra. La punizione più dura e feroce è capire e non poter tornare indietro. Il punto di non ritorno, quello è l'inferno.

Il maggiore, ormai diventato vecchio, riprende a sognare a occhi aperti. Augura a suo padre quella punizione, e il sogno gliela procura. Non vuole altro. Mai vorrebbe per lo sciagurato dolori fisici, pene corporali o torture. Soltanto un dolore di pentimento. Il condannato all'inferno subisce un'altra punizione. Vede sulla terra i due figli rimasti. Il diavolo gli impone questo film, lo costringe a guardare, in alto, sulla terra, dove brulica la fatica e il dolore del mondo. Vede il suo paese, la vecchia casa, la soglia di pietra sulla quale, seduto lungo ventose estati, aveva passato gli ultimi anni fumando e bevendo. Vede i figli, superstiti, li può sentire.

Ogni tanto parlano di lui. Ne parlano con dolcezza. Dopo tanti anni dalla sua morte, hanno messo una pietra sul passato e riesumato il vincolo di sangue che li lega in una cordata di affetti perduti. Alpinisti in orizzontale oggi che tutto è finito. Ma nella vita i fratelli hanno dovuto scalare da soli, babbo e mamma avevano sciolto il nodo e buttato la corda nel vuoto.

Cime impervie, vette sconosciute, inviolate, difficili attesero al varco gli abbandonati. Uno non ce la fece, cadde dalla parete che fu la sua breve vita. Dall'inferno, il padre lo ricorda. Gli cade una lacrima subito vaporizzata dal calore del girone mai citato dal sommo Dante. È un girone speciale dove dimorano coloro che in vita hanno maltrattato e abbandonato i figli. Loro punizione è l'eterno rimorso, il dolore che li percuote e l'angoscia di non poter fare niente. Piangono, ma il calore gli polverizza le lacrime, così che sembrano ridere in smorfie che impressionano anche Satana.

La *Divina Commedia* rimane il capolavoro indiscusso assieme al *Don Chisciotte*. Ma è sorpassata e incompleta. Quando nascerà un Alighieri che inventa l'opera moderna, dove mettere all'inferno quelli che hanno abbandonato i poveri, i bisognosi, picchiato i neri, ucciso le donne, e voltato la testa da un'altra parte dove c'era da offrirsi a dare una mano? E in paradiso coloro che hanno agito al contrario, per fare un solo nome Gino Strada, ma ce ne sarebbero migliaia. Questo pensa il maggiore mentre il padre lo osserva dall'inferno. E vede anche l'altro figlio, l'ultimo, che ha avuto meno fortuna del primogenito ma molta di più del secondo, volato dallo sperone della vita. Mentre Satana gli gira intorno, il vecchio peccatore prova un moto d'orgoglio sapendo che uno dei suoi eredi è uscito con successo dagli escrementi di un'esistenza miserabile. Allo stesso tempo, prova vergogna ricordando di aver buttato dalla finestra il primo libro del figlio quando questi, emozionato e fiero, glielo mise in mano.

Vai a lavorare, fannullone, non sai fare niente, ghignò il padre lanciando il libro nel vuoto. Il diavolo, che legge i pensieri dei dannati, tirando un orecchio al peccatore gli disse: Non si fa così. E gli piantò il forcone nel sedere. Allora l'infilzato obiettò che aveva inoculato ai figli anche qualcosa di buono. Ad esempio, l'amore per la montagna, le camminate nei boschi, la caccia, le scalate, i bivacchi sotto le stelle e il sapore del vino. Ma Satana, che legge nel pensiero dei condannati, lo forconò di nuovo.

Facevano tutto questo per fuggire da te.

Il vecchio peccatore capì che all'inferno non si può mentire o dire bugie. Lui, che fu un grande bugiardo, imparò a dire la verità dopo la morte, dopo esser precipitato nel girone del dolore e della tristezza, nell'inferno della vergogna di chi aveva maltrattato e abbandonato i figli. Vien da ridere al superstite che sogna a occhi aperti il padre in punizione. Lo racconta al fratello Richeto che imperterrito dice:

Cal stéi ladhò fin ca lé rostì.[14]

Ma il maggiore sa che non lo pensa. Dal fondo degli inferi, l'infausto genitore guarda ciò che rimane della vecchia stirpe. Gioisce (per quanto si può all'inferno) notando i piccoli della nuova generazione. Di quelli sarebbe stato bisnonno. Degli altri era nonno, e lo hanno pure conosciuto. Per fortuna non dal lato peggiore. Con loro, i figli dei suoi figli, si sforzava d'esser gentile. Ma faticava, lo si notava senza sforzo.

Pare sia andato in simpatia al demonio, tra i simili ci si trova. Ciononostante ogni settimana Belzebù gli tira una forconata per ricordargli il passato. Quel passato che aveva tolto gioie, pane, affetto e infanzia a tre ragazzini già orfani di madre nonostante fosse viva.

[14] "Che rimanga laggiù finché è arrostito."

Era tempo di ripartire, c'era da vangare i campi, frantumare il letame sulla neve rimasta, spargerlo. Lavoro pomeridiano, prima il dovere dei libri, lo studio che ai fratelli piaceva poco. Un rito millenario, da ripetersi anno dopo anno lungo le stagioni. Ognuna dava il suo da fare, annunciava il programma, esigeva determinate attenzioni, chiedeva lavori diversi.

L'altalena della vita andava avanti e indietro, il pendolo del tempo batteva il suo *din don*. Da sempre. La gente non si lamentava. Rinnovava gesti antichi senza fretta, con rispetto, fede, pazienza e fatica. Nessuna noia o stizza nel ripetere da secoli le stesse manovre. I tre della miseria amavano cambiare le regole, lavorare con fantasia, saltare con gioia da un impegno all'altro.

La scuola era noiosa, la terra no.

Permetteva inventiva nel fare le cose, cambiandole in corso d'opera. La vita dei ragazzi orfani era un disegno a mano libera, sull'immenso foglio bianco della natura. Non accettavano regole, imposizioni né leggi di sorta. Appena avevano imparato un mestiere lo applicavano a modo loro. Tutti ad esempio falciavano da destra a sinistra, i fratelli no. Sobillati dal maggiore, partivano da sinistra verso destra. Legare il fascio di fieno esigeva che il tira corde si piazzasse sopra, a monte. Gli apprendisti facevano il contrario. Non era per arroganza ma per vedere se si poteva agire in altro modo. Volevano dimostrare agli anziani, i quali non cambiavano una virgola degli antichi metodi, che potevano esistere altre vie. E a volte ci azzeccavano, lasciando i maestri sbalorditi.

Usava, ai tempi, lubrificare con grasso le teleferiche

di pendenza troppo piana. I carichi a volte non giungevano a destinazione. Con le carrucole correvano troppo e all'arrivo spaccavano il palo. La via di mezzo era un legno con scanalatura apposita che poggiava sul cavo. Sotto stava appeso il carico. Ma ogni tanto si fermava. I vecchi boscaioli mettevano tra il filo e il marchingegno una crosta di lardo che però nel tragitto si consumava subito. I tre fratelli tagliavano legna nei boschi di Val da Dìach. E avevano il problema di lubrificare il cavo d'acciaio, nove millimetri di diametro. Quello che poco dopo fu ammazzato in Germania saltò fuori dalla baracca e disse:

Perché non facciamo un buco sopra la *colìs*,[15] ci piantiamo una bottiglia di plastica piena di olio, e mano a mano che scivola sul filo, l'olio cola e lubrifica?

E così fecero. A quei tempi, le uniche bottiglie in plastica erano quelle della varecchina. Fecero l'esperimento e funzionò a meraviglia.

Il secondogenito non ebbe il tempo di cogliere i complimenti per la sua invenzione, subito adottata da tutti i boscaioli.

Due anni dopo era già morto. Dove morì i rimasti lo sanno, come avvenne, no. Aspettano quello che era lì. Se è ancora vivo, lui che sa, si faccia avanti. Sono passati tanti anni, cinquantacinque. Rancore non ce n'è più, vendetta non c'è mai stata, rabbia nemmeno, dolore sì. Non un dolore acuto o tragico, bensì malinconico e triste, come ottiene la lima del tempo.

[15] Pattino in legno da far correre sul cavo.

Una volta che il carico di legna o fieno giungeva a valle appeso alla teleferica, occorreva scendere, recuperare i pattini e riportarli a monte. Era compito dei fratelli che correvano come il vento su e giù dalla Val da Dìach. Un'ulteriore altalena della loro vita, senza corde né sellino, tenuta in aria da funi di lavoro d'obbligo come gli schiavi. Guai sottrarsi ai compiti assegnati. Faticare, dare aiuto alla famiglia che non c'era, esser presenti, veloci e puntuali. Sotto gli occhi stanchi di tre vecchi crescevano adagio e senza pretese.

Quella era la loro famiglia: un'altalena che oscillava tristemente tra vite giovani bisognose d'affetto ed esistenze antiche piene di acciacchi, che tenevano lontana la morte solo per aiutare i nipoti. E lo fecero con puntiglio, passione e pazienza fino al termine del sentiero. Il primogenito quando pensa a loro si mette a piangere. Quante cose avrebbe da dirgli se fossero qui! Quante coccole e carezze su quei volti rugosi e stanchi, su quelle mani smagrite, trasparenti da vedere il sangue pulsare nelle vene. Quanti grazie pronuncerebbe ricordando i sacrifici fatti per tirarli fuori dagli escrementi della vita. Alla nonna paterna piacevano la grappa e il marsala ma ne aveva sempre poco. Gradiva pure il vino:

La palanca el vin just i dura pòch.

E con le mani a preghiera aggiungeva:

La desgrathia el dolèur i regna un toc.[16]

Fosse qui oggi, il nipote diventato noto le comprerebbe damigiane del nettare che le piaceva, il tabac-

[16] "I soldi e il buon vino durano poco, la disgrazia e il dolore regnano a lungo."

co da fiuto migliore, il cibo più buono, le scolpirebbe tante madonne di acero, che lei venerava con fede senza pari. Al nonno farebbe arrivare i sigari toscani più pregiati come "L'antico". Gli comprerebbe forme di gorgonzola a carriole, visto che ne era goloso più di tutto. Alla zia sordomuta, unica che sapeva leggere, compreso il labiale, donerebbe libri di preghiere cui teneva tanto. E perché no, le darebbe anche quelli scritti da lui, non senza un certo orgoglio. Scolpirebbe crocefissi di pino cembro e frassino, figura di Cristo dalla quale non si separava mai. Per tutti e tre assumerebbe una badante che li accudisca, li tenga puliti, allegri, e li faccia stare sereni.

Ormai è tardi, quei vecchi silenziosi sono andati via da tempo, riposano in un luogo dove non servono le cose che in vita non ebbero mai. Lì non si beve, non si mangia, non si fatica, non si soffre nel fisico e nell'anima. In quel posto si vede e si ricorda il passato con dolcezza e con il senso preciso di non essere vissuti invano. Nella terra dei morti dimenticati, non si dimentica nulla. I vivi cercano un po' di pace rifugiandosi nell'oblio del tempo. I morti ricordano per non morire un'altra volta.

Il vecchio primogenito di notte pensa, confronta, fa paragoni. Alla sua età, settantatré inverni, il padre era finito, consumato, sgretolato da vino e tabacco. Forse un tempo aveva contribuito anche Venere alla consunzione. Eppure, nonostante magrezza e acciacchi, seguitava a frequentare i monti, piano piano ma inesorabile. Tagliava legna, andava a caccia, curava l'orto, vangava l'unico campo rimasto a quella famiglia dopo l'esproprio del Vajont. Ogni tanto parlava ai figli del Colle delle Acacie, dove era cresciuto. Anche loro erano diventati grandi sgambettando su quel pendio di pini scuri, acacie, sorbi degli uccellatori e qualche frassino. Sporgendosi un poco, si poteva vedere e sentire giù in fondo il torrente brontolare ironico. Dopo l'ansa del Bindi, dondolava la sua treccia lucente tra i vinchi di Roncùascia. Proseguiva poi dritto verso i mulini delle Spesse. Una volta lì, prima di buttarsi nella forra paurosa dove qualche anno dopo eressero quell'immenso foglio di cemento chiamato diga, dava una mano agli artigiani di Rùava, Pinéda, Savéda, e Le Spesse basse. Prada, frazione a metà, traeva vita dal forte ruscello Lagarìa con ambizioni di torrente. Era una specie di paradiso in terra dove a primavera si cavavano borse di tarassaco e altre erbe mediante un coltellino apposito.

Tutto questo finì quando arrivarono.

Erano vestiti bene, guidavano auto di grossa cilindrata, alcuni portavano il cappello, altri erano senza capelli. Confiscarono i terreni che gli servivano, tra questi il Colle delle acacie. Pagandoli non con la classica pipa di tabacco bensì con una cicca di sigaretta. I fratelli non videro lo scempio. Furono "catturati" e chiusi in collegi di preti. Due a Pordenone, il più giovane a Sottomarina di Chioggia.

La libertà finì quel giorno, la vita di quasi duemila persone pure. Segregati a studiare, qualcosa guadagnarono, molto perdettero. Non si può, da un giorno all'altro, chiudere due camosci e un camoscino dentro muri di pietra, regole, discipline, punizioni, messe mattina e sera, rosari e segni di croce. Non solo non si può, non si deve. Così li uccidi. E furono uccisi.

Il più grande, anche oggi che è vecchio, non riesce a scrollarsi di dosso il dolore e la tristezza di quegli anni di prigione. Non lo consola affatto sapere che nel carcere culturale Don Bosco qualcosa di buono ha ricevuto. Avrebbe preferito rimanere analfabeta all'aria aperta, e non istruito al chiuso di un bastione medievale, dove il silenzio diventava obbligo, lo studio riparo al dolore, la disciplina legge.

Quando, ventenne, fu arruolato nei reparti della brigata alpina Julia "per servire la patria", rideva della disciplina militare. In confronto a quella del collegio salesiano, era ridicola. I preti non davano mai ordini a voce. Tutto a colpi di fischietto, come gli arbitri di calcio. Tre fischi consecutivi e trecento ragazzi, in tre secondi, erano inquadrati perfettamente in cubi di cinque elementi per cinque. Guai fiatare o muoversi. Toccava ubbidire e basta. Lo sguardo severo dei sacerdoti, che non ridevano mai, e pareva rimproverassero gli allievi per colpe che nemmeno sapevano, incuteva timore, ansia e spesso paura. Non erano le botte a intimorirli ma i silenzi. I preti del Don Bosco picchiavano spesso ma almeno i puniti sapevano perché. Quando tacevano invece, battevano lo stesso e il battuto non conosceva il motivo.

Un giorno il maggiore decise di farla grossa. Alcuni amici, tre di Cimolais, due di Claut e altri di Erto, paesi della Valcellina, dissero che il vero coraggio era bestemmiare di fronte ai preti. Così decisero che colui che lo avesse fatto sarebbe diventato il capo indiscusso del gruppo.

Il fratello di mezzo si ritirò subito dalla sfida. Non

aveva coraggio o almeno non voleva storie. Era uno a cui piaceva vivere in pace, senza casini, uno che parlava poco e si faceva gli affari suoi. Non immaginava che da lì a tre anni sarebbe stato trovato morto in una piscina a Paderborn, città della Germania. Lo avesse intuito, avrebbe parlato di più, cantato, riso, bevuto. Invece niente. Non cantava, né rideva, né parlava e non beveva. Metteva via la vita per tempi migliori che non ci furono. Risparmiava su tutto aspettando che le occasioni buone tornassero a farlo parlare e ogni tanto sorridere, come ai bei tempi del paese.

Vi sono luoghi, situazioni e stati d'animo che impediscono alle anime semplici di esprimersi. Restano mute, attonite, scarnificate, morte. Il suo silenzio durò tre anni, il tempo di terminare le medie. Poi tacque per sempre.

Ritiratosi lui dalla bestemmia, rimanevano una decina i cercatori di severissime punizioni. Ma quando fu ora, uno alla volta cedettero alla paura. Più stupido di tutti era lui, che non vedeva l'ora di mostrare a quei pusillanimi di che pasta era fatto. Ma doveva cercare un motivo per poter tirare la bestemmia. Si accordò con un ertano coetaneo, certo Ambrogio. Mentre giocavano a pallone questo Ambrogio gli avrebbe tirato un calcio nello stinco. Legnata forte da giustificare la bestemmia. E così avvenne. Calcione secco, deciso, all'ertana. E giù una bestemmiaccia da non ripetere. Il campetto era circondato da preti-vigilanti. Partirono a razzo. Si davano il cambio a tirare calci e ceffoni al mostro peccatore. Il consigliere, certo don Jacobucci, gli tirò uno sberlone da procurargli sangue al naso. Afferratolo per un orecchio, lo condusse dal prefetto, sacerdote grande e grosso alla Carnera. Disse al gigante che il ragazzo aveva la bocca sporca e bisognava lavargliela. Cosa che il prefetto eseguì immediatamente. Calci e sberle, insulti e legnate. Lo studente sotto i colpi ebbe l'impressione che il prete si infuriasse per la sua stessa rabbia. Comunque il pestaggio finì e furono in cinque a darsi il cambio.

Non finirono invece le punizioni. Niente più cinema alla domenica fino a termine scuola. Tutti i giorni raccogliere carte dai cortili del collegio, assai numerosi. Niente più merenda, vietato frequentare i compagni. Ce n'era abbastanza, pensò, meglio rigare dritti. Ma stare nelle regole gli riusciva difficile. Amava rischiare, osare, sfottere, provocare. Vuoi mettere un bel dispetto a quei tonacati severissimi? Infatti ne combinò ancora. Visto che era punito tutto l'anno, tanto valeva.

Prima cosa rubava il vino da messa a don Martinelli, anziano professore di francese. Faceva il chierichetto perciò aveva a portata di mano il nettare. Era vino bianco speciale, roba da messe solenni. Ogni tanto gli girava la testa, il professore se ne accorgeva ma lasciava correre. Era prete di buona fiasca, intuiva, qualche volta glielo offriva lui stesso. All'esame di francese il ragazzo andò piuttosto male, meritava la bocciatura ma il don, complice di bevute, lo promosse. L'altalena di quegli anni andava avanti e indietro. Allegra d'estate, quando tornavano al paese, triste in autunno, quando varcavano le porte del carcere Don Bosco. Non fu solo malinconia la permanenza tra quei muri grigi e austeri, possenti come prigioni medievali. Il maggiore, curioso, avido di sapere, conoscere, imparare, leggeva tutto. O meglio, i libri permessi dalla rigida censura dei guardiani. Comunque sempre meglio di niente.

Leggere, leggere, leggere, imperativo per non pensare. Soprattutto per far passare il tempo. Tutti quei libri formarono carattere e coscienza civica a un ragazzo appena sbozzato dall'ascia della vita. Aveva molti spigoli, punte acuminate, ferite e delusioni e voleva togliersi dalla cultura medievale del villaggio natìo.

La sua fu, è stata e sarà, una continua partita a scacchi con la vita. Un'altalena di azzardi, mosse vincenti, mosse disastrose, dove ha perso tutto ma è ancora vivo.

La scacchiera più pericolosa con cui ha avuto a che fare è messa in verticale e si chiama montagna. Non è di legno, ma di pietra, ed è molto facile subire scacco matto da quell'avversaria. Tante volte con lei si perde la partita non arrivando in cima. Spesso si torna indietro ed è una patta. Ogni tanto si vince calpestando la vetta ma non è finita. Si deve scendere e le mosse sbagliate sono in agguato soprattutto là. Finché non si mette piede sui prati, la rivale è pronta a colpire. Quanti alpinisti sono morti in discesa? Tanti. Almeno tre volte l'ha rischiata anche lui tornando dalle cime. Crepare di ritorno, quando tutto è più facile, non è cosa gradita. Ma questa è l'altalena del tempo che va e viene anche sulle montagne. Marcia indietro, marcia avanti, salita, discesa, andata e ritorno, sfiorando l'impatto col terreno ogni volta. Fa riflettere sapere che spesso un centimetro di spazio decide vita o morte, gioia o dolore, terrore o allegria. Sulla scacchiera verticale aveva perduto amici. Alcuni dei migliori alpinisti del pianeta. La morte non rispetta lauree, titoli, capacità o lacune. La grande signora ghermisce chi respira. Giovani o vecchi, bravi o incapaci, spazzini o re, ricchi e poveri, non importa. Viene, prende e va. Nel frattempo altri fioriranno a prendere il posto degli scomparsi.

L'altalena del mondo oscilla, toglie e sostituisce. Libera spazi e li rioccupa, preleva persone e le rimette. È così. L'unghia acuminata della morte si insinua a sorpresa fra le tessere del mosaico umano facendole cadere una per una. Il quadro di affetti del primogenito, quel grande quadro a tessere variopinte, composto fin dall'infanzia, ormai è quasi vuoto. Se ne sono andati tutti. L'unghia malefica ha fatto leva da sotto, trovando spesso terreno facile per far cadere i pezzi.

A volte però la colla della vita era tenace, forte, decisa a resistere. La morte ha faticato a divellere la tessera. Allora, come a compensare il momentaneo fallimento verso i resistenti, la grande signora decide di colmare il vuoto raspando il mosaico con la mano intera a cinque unghie.

Come nel caso Vajont, che strappò duemila tessere di cui quattrocentottantasette bambini. Il vecchio superstite ricorda spesso quella tragedia. A costo di risultare ripetitivo ne parla di continuo. Evocando il passato non si fa altro che levare la coperta ai ricordi, esporli al sole della memoria, riscaldarli per non dimenticare.

Ha cercato di crescere i figli nella dolcezza ma senza fronzoli, né superflue attenzioni, né coccole oltre misura. A volte usava severità, quando serviva alzava la voce, ogni tanto fin troppo. Ed è questo "fin troppo" che oggi lo tormenta. Gli vengono in mente episodi lontani ma sempre vicini da creargli dolore. Sbraitare ai suoi bambini per qualche errore, o con più voce quand'erano adolescenti, è una violenza che torna a cercarti. Rimorsi. Non lo aiuta il fatto che è successo rare volte. Oggi coi figli ha un rapporto bello, sincero, leale e affettuoso. Nei loro occhi a volte legge ancora la delusione e il dolore per quelle sfuriate. Che erano nulla a confronto di quel che subiva lui dal padre. Ciò non giustifica i suoi rari eccessi nei confronti dei bimbi. La più piccola, oggi quarantenne, ancora lo guarda con occhi risentiti. Non servono rimproveri, bastano gli sguardi. Poi si abbracciano e l'affetto viene a galla. Questo gli basta a renderlo felice.

È stato un uomo fumantino, a volte irascibile, poteva capitare la sfuriata, ora non più. Dopo la tempesta tornava il sereno, l'eterna altalena dell'esistenza ripeteva i suoi *din don*. Tutto è un andare e venire, uno sparire e tornare.

Sull'immensa montagna di terra, caduta sulla terra, caduta nell'acqua, sono cresciuti gli alberi. Cespugli di ogni tipo circondano la ferita occultandola un pochino. A primavera fanno i nidi gli uccelli, il cuculo canta qua e là, l'aquila volteggia sullo spaventoso gobbone della morte.

Portava i figli a vedere il mondo lunare lasciato dietro di sé dalla montagna caduta. Ancora non era risorta molta vegetazione. Tutto il giallo ocra della scarnificazione avvenuta era lì a testimoniare la violenza di quei trecento milioni di metri cubi formati da terra, rocce, alberi scivolati nel lago e dolore.

I bambini guardavano ma ancora non capivano. Non sapevano che la loro nonna materna aveva perso fratelli, sorelle, nipotini, babbo e vari parenti, quattordici in tutto. Lei scampò alla morte per un filo di quindici minuti. Il tempo di tornare in paese dalla frazione Le Spesse. Salutò i suoi cari e non li vide più. Non sono mai stati trovati i loro corpi. L'altalena di quelle anime ha fatto solo andata.

Piano piano, mentre crescevano diventando adulti, i pargoli del montanaro vennero informati della tragedia. Ci pensò la loro mamma, figlia di quella donna che trovò sopravvivenza dentro lo spazio di quindici minuti. Era andata in visita ai famigliari. Lo faceva ogni sera. Siccome era tardi, volevano si fermasse a dormire. Disse no: al paese l'attendevano un marito e tre figlie. Si salvò. Quell'andare dai suoi e tornare al paese era altalena che durava da anni. Si spezzò quella sera, il 9 ottobre 1963. Non rimase nemmeno un frammento di corda o catena appeso ai ganci. Ganci e struttura portante erano stati polverizzati, triturati dal cataclisma.

Non si torna mai più alla gioia dopo aver perso in pochi secondi quattordici famigliari. Visse il tempo che restava in silenzio, senza polemiche, senza puntare il dito sui macellai, pensando ai suoi cari in un lungo ricordo che l'accompagnò al camposanto.

Vi sono anime nobili che non cavalcano situazioni che, come nel caso Vajont, potrebbero dare voce e visibilità a chi è stato vittima della tragedia. Altri lo hanno fatto, lei no. Con lei si salvarono un fratello e una sorella, che adottarono lo stesso comportamento: silenzio, riserbo, niente grida in odio. *Nobiltà dello spirito* titola un saggio di Thomas Mann. Quelle persone ormai lontane dai clamori del mondo, che ondeggiarono l'ultima volta sull'altalena di sola andata, spirito nobile ne avevano a montagne.

Tante cose il maggiore ha imparato da loro. Non sempre messe in pratica. Non è facile restare in silenzio quando con quella ragione si potrebbe vivere di rendita.

Pensando a questo, il maggiore su un punto nobilita il padre cinico e violento.

Quando il secondogenito fu trovato morto in una piscina di Paderborn, l'avvocato G.C., parente stretto, propose di interessarsi al fine di avere un qualche risarcimento. Il padre, dopo aver scolato una bottiglia di rosso, disse no.

Come posso bere un bicchiere coi soldi della morte di mio figlio?

L'avvocato insisté ancora un po'. Ma il genitore fu irremovibile. Per una volta, una soltanto, rivelò nobiltà d'animo e cuore paterno. Quei soldi sarebbero stati salvezza, aiuto, soluzione, almeno temporanea, alla miseria. Ma disse no e no rimase per sempre.

Ogni tanto il maggiore scaccia un pensiero fastidioso che lo visita. Ha come l'impressione che il fratello si sia allontanato dal paese non per tentare la fortuna bensì per non vedere più il tragico genitore. Era stanco di subire soprusi, botte, prigionie e notti senza cena.

Una delle singolari punizioni paterne consisteva infatti nella privazione del cibo. I ragazzi tornavano alla sera con addosso qualche marachella? Il padre li batteva e poi a letto senza cena. Imparato il trucco, i tre nascondevano qualche pagnotta sotto il letto, fette di polenta fredda, formaggio, alcune mele. Ma c'erano i topi che spesso rosicchiavano le scorte. Allora ficcavano la roba sotto una vecchia pentola di rame e il cibo era salvo. Come scrisse Fleur Jaeggy, erano *I beati anni del castigo*, e anche il maggiore, oggi anziano, ricorda con nostalgia i beati anni dei castighi. A dire il vero, allora, non sembravano beati ma orrendi. Il genitore faceva vivere i fratelli nel terrore.

Quello che ancora oggi il primogenito non riesce a perdonare, o comunque far scorrere, è l'averli fatti vivere nella paura. Quei tre disgraziati non pretendevano vestiti, scarpe, biciclette o dolciumi, soltanto vivere senza aver paura del proprio padre. Che tornasse ubriaco o meno, urlava e picchiava sempre. Una scusa e un'altra bastavano a pretesto di violenza. Camminavano sul filo del rasoio a piedi nudi, sulla corda del baratro senza sicurezza, sulla scacchiera verticale senza conoscere il gioco. Finché uno cadde. Nel '68 era scoppiata la moda dei capelli lunghi. I ragazzi avevano orecchiato questa usanza nata a mo' di ribellione sociale. Di conseguenza se li fecero crescere un pochino. Il fratello di mezzo ci teneva in particolare alla chioma che diventava fluente. Ma il padre no. Una mattina li afferrò per le orecchie e a calci li costrinse a recarsi da un barbiere fai da te del paese. E raparsi a zero.

Il maggiore è convinto che quell'imposizione inutile, fatta con cattiveria, sia stata la goccia che fece traboccare il vaso. Il mezzano reagì e disse basta. Non appena capitò l'occasione lasciò la casa maledetta e partì per la Germania. Quattro mesi dopo trovò la morte. Camminavano sulle orme degli antichi padri, portavano addosso le loro maledizioni, i loro delitti, le loro storie fosche. Qualcuno doveva pagare. Toccò a tre innocenti espiare le colpe degli altri. Uno finì la pena anzitempo, gli altri due ancora no. Solo la morte li farà uscire dal carcere di punizione ereditato dalla famiglia. Intanto, nella sorte maligna, il tempo aspetta.

Questo pensa il vecchio montanaro. L'altalena della disgrazia oscilla sempre sulla testa, nel suo lento, inesorabile *din don*. Intanto con un lavoro da tarlo sul legno e inventiva tra le righe, cominciò ad avere un po' di fortuna. Metodo, costanza, pazienza e fantasia: ingredienti per potare il sentiero, allargare la strada, scorgere un orizzonte. Cominciava a intravedere profili nitidi, seppur lontani.

Portava i figli a scalare le montagne intorno casa, tagliare legna nei boschi di famiglia, nuotare nelle pozze del torrente. E lunghe camminate sui pascoli alti, dove in estate fioriva la genziana. In quel modo crescevano forti, sani, allenati e sorridenti. Studiavano con sacrificio. Salivano sulla corriera alle sei e mezza del mattino per recarsi nella Longarone ricostruita. Da lì un treno li portava a Belluno. Alla sera percorso inverso. Poi l'università in città lontane: Ferrara, Trento, Venezia. Infine la laurea, il ritorno alle attività verticali, alla vita di montagna nel paese rinato che li aveva visti crescere.

Il lavoro del padre cominciava a dare qualche frutto. Una quarantina le mostre di sculture in legno, il primo libro ebbe fortuna, arrivò qualche soldo. Comprarono il mobilio. Per un anno con la consorte avevano dormito sul pavimento ammorbidito da un materassino, nei sacchi a pelo. Lui e lei uno di qua uno di là. Non esistono sacchi a pelo matrimoniali. La seconda figlia in culla di vimini. Tre lampadine, niente lavatrice, il ferro da stiro e un mastello. L'altalena della fortuna quando andava indietro di rado tornava. Qualche cinico macellaio la teneva appesa al gancio per il tendine di Achille. Comunque il tempo passava, l'uomo tenacemente insisteva per migliorare la situazione di famiglia. Piano piano, tornante dopo tornante, la fatica faceva intuire la cima. Poi ci sarebbe stata discesa ma pure un'altra salita più avanti e, oltre, ancora saliscendi fino al termine del sentiero. Questa è l'altalena della vita, e vale per tutti.

I giorni s'allungavano uno dopo l'altro sulle teste dei pargoli montani. Un dolore antico percuoteva il cuore del padre, ed era difficile annientarlo. Anzi, la causa di quel dolore prima o dopo avrebbe annientato lui visto che cercò nell'alcol la soluzione. La battaglia contro quel nemico subdolo e paziente la conduce da anni. Da quando, adolescente in miseria, ma ricco di entusiasmo e follia, iniziò a bere.

Il vino è stato un'altalena di allegria e cruccio, gioia e dolore, cadute e risalite, incidenti stradali, processi, dolore altrui, danneggiamento fisico, fegato in disordine. E malinconia. L'alcol crea tristezza appena se ne va dal corpo. Per questo si beve ancora: per annientarla. Ma essa si ripresenta alla luce del primo mattino, portando così, anno dopo anno, alla dipendenza.

È stato il caso della sua infanzia rubata. Da bambino il nonno gli faceva bere Raboso, a quei tempi vino dei poveri, roba da ubriaconi, vino da cioche.

Serve a fare sangue.

All'inizio non gli piaceva. Sovente ricorda il caso di Jack London, diventato alcolista suo malgrado, ucciso a quarantun anni da quel veleno. Si sforzò per anni di farsi piacere whisky e birra finché ci riuscì. E morì. Lo stesso vale per il vecchio montanaro. Da piccolo non gradiva quelle dosi di Raboso che rendeva rosso-viola labbra e tazza. Ma il nonno insisteva, lo vedeva pallido, gli serviva sangue. Alla fine sangue ebbe, con tutte le conseguenze di averne troppo. Quando scalava le montagne si asteneva dal bere qualche tempo. Ma poi amici, senso di vittoria per la vetta raggiunta, compagnie sbagliate, problemi economici e famigliari, lo facevano precipitare di nuovo nel bere.

Dall'alcol non si esce più, però con qualche cautela lo si può allontanare, anche per anni. Lui c'è riuscito per cinque e diventò un uomo felice. Sentiva il corpo tornare valido, rispondere agli sforzi, scattante, pronto. Percepiva, ed era contento, la serenità della testa e dell'anima, supportate da calma e pazienza. Riconquistò in quel periodo una certa dolcezza, sentimento che l'alcol mutava in aggressività e maleducazione. Alti e bassi, paure e ansie, l'altalena di chi beve fa questo percorso. Finché il sostegno si spezza e tutto ha termine. Spesso per l'alcolista è una liberazione. La morte pone fine ai suoi dolori, uccide i mostri che lo tormentano, gli scarafaggi, i ragni, le bestie feroci che gli addentano l'anima. Il primogenito di "tre meno uno" ha subito, visto, sperimentato anche questo. Dopo le ricadute cercava salvezza sulle montagne, nei boschi, nei frequenti isolamenti solitari in baite, antri e caverne. In quei luoghi ritrovava la pace perduta, fiducia di farcela, un tenue entusiasmo e voglia di vivere.

Quando capì che la sua dipendenza addolorava i figli e chi gli voleva bene, umiliandoli e facendoli vergognare, smise di nuovo. Durò due anni. La vipera dell'alcol inocula veleno perenne, un tossico latente che prima o dopo torna fuori.

Nel frattempo scolpiva tronchi per mantenere la famiglia aumentata di due. Con le parole faticava a insegnare il buon vivere ai figli. A far capire loro che il tonno non è necessario si tagli con un grissino come voleva certa pubblicità. Il grissino era la fame, che avrebbe aperto la scatoletta solo con gli occhi.

Allora cominciò a scrivere brevi racconti della sua vita. Li leggeva la sera tardi ai figli affinché capissero che il padre aveva avuto vita dura. In questo modo riusciva a comunicare meglio con la prole ormai grandicella. Non immaginava nemmeno lontanamente che quella pratica gli avrebbe aperto un sentiero nuovo che tuttora percorre. Strada difficile tra boschi vergini, crinali scoscesi, creste affilate, rocce verticali, montagne sconosciute e laghi profondi. Arduo sentiero ma ogni passo gratificante. Passi fatti di parole, righe, pagine cucite assieme con lo spago a formare libri. Una lunga camminata che dura da ventisei anni. In mezzo, successi e fallimenti, pagine buone e stupidaggini, libri ricordati e oblio di altri. Ancora altalene di andate e ritorni. La passione stessa degli amanti è fuga e rientro, dolcezza e timore, andare e venire.

L'anziano dei monti è convinto che tutto nella vita è altalena. Fino all'ultima oscillazione, che può avvenire all'andata o al ritorno, ma questo conta poco. Salute che fugge e torna, amore che viene e va, sole che nasce e tramonta, brutto tempo che arriva, bel tempo che torna. Salite alle vette e calate a valle. Successi e fallimenti, sconfitte e vittorie.

Fare i conti con la vecchiaia dopo una vita di strapazzi è doloroso. Se ne pagano le conseguenze a distanza. Le sta pagando anche lui ma non cede. Un orgoglio sciocco lo induce a perseverare. L'orgoglio dei vecchi che non vogliono mollare, arrendersi, rinunciare. Seguita a fare quel che faceva da giovane ma si accorge che i tempi delle azioni si dilatano. I recuperi sono lunghi, le forze corte, gli obiettivi leggeri, le sbronze pesanti. Avanti così, senza illusioni di risultati ma con la determinazione a provarci fino alla morte. Se c'è una cosa che lo ha sorretto, aiutato, stimolato a filare lana caprina è stata la volontà. Ferrea, duratura, incrollabile, determinata a tutto. Una specie di Don Chisciotte alpino, sempre sconfitto, sempre pronto a rialzarsi per altri obiettivi.

Ma c'è stato un avvenimento recente, nefasto e cupo, che per qualche tempo lo ha messo a terra, in ginocchio, senza la forza di rialzarsi. Quando lo sgambetto improvviso del destino fa cadere di faccia in piena corsa, ti fai male. Perché non te l'aspetti. Quando la sorte punisce un padre iniettando ai figli malattie da far tremare le vene dei polsi, è molto difficile rimanere in piedi. Ancor più difficile, se non impossibile, rialzarsi. Quando il corvo del male ti vola intorno gracchiando la parola "chemio", non ti rialzi. Quando leggi terrore, paura e strazio negli occhi dei figli colpiti, non ti rialzi.

Questo è successo al vecchio montanaro. Per fortuna tutto è finito bene. Cicli di medicine lunari strappavano mazzi di capelli dalla cute come barbieri satanici, ma servivano. Sono servite.

A quel punto, e solo a quel punto, premendo le mani in terra, con grande sforzo, il padre s'è rialzato. Ma ancora traballa come quando beve. Una sbornia di grappa di dolore, lasciata macerare per anni dal destino che si è poi scatenato nelle stanze di una sola casa, nei corpi eredi di una famiglia che credeva nella fortuna. Fecero bene ad aver fiducia, la fortuna arrivò tempo dopo, con le guarigioni. Sofferte e stentate, ma alla fine positive. Sul tempo era piovuta la neve. Tanta. Bagnata, grossa, pioggia solida che si tramutava in grandine. Faceva male sulle spalle, nelle ossa, sul cuore. I temporali d'inverno sono peggio di tutti. Non te li aspetti, colgono impreparati, picchiano forte e fanno danni. In quel periodo, che durò tre anni, l'uomo fu sorpreso dalla bufera senza protezioni. Niente ombrello, tela cerata, giacca a vento o pastrano. Niente di niente, spalle nude e nemmeno un cappello in testa. La pelle non fa calli come le mani. O meglio, li può fare, ma ci mette una vita. E quando si è ispessita, quando s'è creata la scorza come un vecchio larice, viene ora di andare.

Rare cose arrivano a tempo debito. Occorre afferrare ciò che capita, adattarlo alla bisogna, farsi bastare anche il negativo. Era quello che aveva fatto fin da piccolo. C'è un solo organo nel corpo umano che non fa il callo, né al dolore né alla gioia. È il cuore. Quell'organo vitale è meglio che sia immune da coperture. Perderebbe il senso del mondo, del mistero, di cosa ci accadrà nel futuro. Il cuore deve vivere per far vivere, pulsare per ricevere e dare emozioni. Aveva programmato il suo in pochi battiti al minuto, una quarantina, ma quando giungeva sulle vette dei monti, aumentavano come quelli di un bimbo spaventato. Ed era non soltanto soddisfazione ma proprio paura. L'immensità della montagna, il grande silenzio del mezzodì, le misteriose lontananze, alte vette evanescenti bianche di neve, l'ombra inquietante dell'aquila. Tutto questo gli metteva addosso una specie di timore che poteva benissimo configurarsi in paura. Gli capitava da bambino, quando saliva col nonno paterno. Da giovane, quando scalava da solo. E anche ora che è vecchio, gli capita la stessa cosa su una cima salita in solitaria. Ha provato anche paure più reali, consistenti, che a volte hanno sconfinato nel terrore della morte.

Un giorno ormai lontano, lo avvinghiò la valanga. Era il 13 dicembre, Santa Lucia, nome di sua madre. Dopo duecento metri dentro il ventre del mostro bianco, la neve lo sputò come un verme spregevole. Quello fu terrore. Altre volte la montagna lo ha picchiato. Un braccio rotto, e un calcagno, cinque costole fratturate, una tibia spezzata. Sempre per errori suoi. La montagna non gioca scherzi. Se ne sta lì, impassibile, immobile, muta e severa, ma non ce l'ha con nessuno.

Il vecchio guarda indietro. Vede amici scomparsi. Molti sulle montagne. Altri per malattie, alcuni, preda del male oscuro, si sono tolti la vita. Nel ricordo, l'altalena della solitudine va e viene. A ogni ritorno sul seggiolino c'è una faccia diversa, volti di amici che non ci sono più ma gli appaiono nella memoria. Se per caso ne dimentica qualcuno questo si fa vivo, prende posto di forza sull'altalena come per dire: Ehi, ci sono anch'io, il tuo vecchio compagno d'avventure, ogni tanto mandami un pensiero. Sono scomparsi ancor giovani, o di una certa età, vecchi nessuno.

Spesso si chiede quando toccherà a lui, e la domanda gli mette i brividi. Come avverrà? Dove? Quando?

Allontana il pensiero con un gesto della mano come una mosca fastidiosa. Preferirebbe gli capitasse mentre dorme, come i suoi genitori, o cadere da una parete di roccia, come parecchi amici. Teme i lunghi ricoveri in ospedale, contorto dai dolori attenuati da dosi di morfina. Dopo i settanta pensa sovente allo scacco finale, all'ultimo passo sulla fine del sentiero.

Ricorda il suo amico Piòch, classe 1932, bracconiere, boscaiolo, cercatore d'erbe e piante commestibili, artigiano del legno. Fu lui a insegnargli i primissimi rudimenti della scultura. Camosci, aquile, piccole madonne in acero. E tante avventure di montagna. Caccia, pesca, giorni d'osteria, baldorie, silenzi di recupero, sorrisi. Alla fine quel dolorino insistente al ventre. Gli ultimi due mesi a torcersi dal male che lo divorava, nella camera dei terminali, con vicino il suo cane portatogli dall'amico. Morì all'età che ha lui oggi, settantatré anni.

C'è un metodo nel vecchio montanaro per esorcizzare la morte o, se vogliamo, averne meno paura: pensarci spesso. E lo fa. Sa con certezza che si farà cremare. E sa con ancor più certezza che non vorrà nessuno dietro la cassa. Niente gente, niente finte lacrime o strette di mano a chi resta. Sa bene che la maggior parte dei partecipanti dirà tra sé: finalmente se n'è andato, ha liberato il paese dalla sua spocchiosa presenza.

Così pensano, quindi meglio evitare di farli pensare. Vorrebbe un commiato alla maniera del suo amico, grande scrittore Mario Rigoni Stern, la scomparsa del quale si seppe due giorni dopo che fu sepolto.

Il vecchio sente che non va bene vivere di risentimenti. Cerca continuamente di migliorarsi ma non è facile. Spesso indulge alla banalità del giudizio negativo su tutto e tutti. Invece si può, si deve migliorare, fino al giorno dell'ultimo passo. Borges, a ottantaquattro anni, disse: "Ho scoperto che c'è del male in me e del buono negli altri".

Vorrebbe morire bene, essere aiutato a conservare dignità di fronte alla grande signora. Si predica di migliorare la condizione della vita e non lo si fa. La vita di oggi è andata dall'alto verso il basso. Bisognerebbe almeno migliorare la condizione della morte. Troppe volte si muore male, abbandonati negli ospizi, con piaghe da decubito, a volte maltrattati da figli, parenti e inservienti.

Questo pensa il vecchio montanaro. Ed è ciò che teme.

Il pianeta è inquinato, la società incattivita, innervosita dal gestire tecnologie che mutano il DNA. Nascono guerre che uccidono inermi, mentre chi le inventa mangia bene e dorme tranquillo. Manca il lavoro, la gente è sempre più povera, senza una lira, senza speranza. L'altalena delle loro esistenze va solo indietro, li rovescia di schiena e avanza vuota. Altalene di andata al contrario.

Negli ultimi quattro-cinque anni, quell'uomo pieno di dubbi si è trovato spiazzato, allibito, confuso. Non dalla difficoltà nel maneggiare tecnologie nuove, bensì dalle ingiustizie prodotte da coloro che decidono come deve vivere e comportarsi il popolo. È rimasto un conservatore di larghe vedute e grandi concessioni ma sa che ogni ingiustizia produrrà danni nelle vite di chi viene dopo. Si ereditano le azioni dei padri della patria e non tutte sono a favore dei figli.

Ha passato un periodo difficile dopo i settanta. Nubi di piombo pesavano sulla vita per una serie di fatti che non riusciva più a gestire. Cominciava a esser stufo e anche spaventato. Annegava nel vino timori e incertezze col rischio di frantumare quel poco che aveva costruito con grande fatica.

Se un uomo ci riuscisse, sarebbe meglio che vivesse da solo, al massimo con un cagnolino. I cani tengono compagnia e vogliono bene sul serio. Vanno avanti e indietro, come le altalene, a cercare il padrone. Lo ha capito da piccolo, quando lui e i fratelli vennero abbandonati dalla madre, con il padre assente, infaticabile bevitore. Allora quei tre orfani di genitori vivi si circondavano di animali. Qualche mucca, capre, galline e cani da caccia. Il vecchio ricorda con remota nostalgia quel tempo e quegli amici. Ursus, bracco tedesco, instancabile corridore, e Diana la dolce: pointer affettuosi. E ancora: Gufo Triste e Arco, segugi spinoni. E tanti altri che han tenuto loro compagnia nella tristezza dell'abbandono. Li aiutarono a crescere, furono bestiame pedagogico contro la malinconia. Bastava uno sguardo da entrambe le parti e le vite di animali e bambini si fondevano. Quanta gratitudine serba verso quelle povere bestie che sovente il padre prendeva a calci. Capitò purtroppo anche a un cane indolente che amava stare coi bambini anziché dare la ferma a selvaggina di penna.

Pure tra le bestie c'è qualche esemplare che non si adegua alla sua natura. Vi sono cani che non abbaiano e non rincorrono le galline, gatti che non fanno le fusa e dormono coi cani. Allora questo setter di nome Asto non aveva alcuna voglia di correre a caccia.

Le bon da nia – sibilava il papà dei fratelli –, *al se drétha thèintha fi alch.*[17]

Non intuiva, quel genitore osceno, che la bestiola faceva per i suoi figli ciò che non faceva lui: voler loro bene. Quel cane era importante, esisteva sempre. Giorno e notte era presente. Quando gli altri venivano impiegati nelle battute, o prestati ad altri cacciatori, Asto rimaneva coi bambini, a giocare e tener loro compagnia. Ma il padre seguitava a imprecare che era un essere inutile e mangiava a sbafo.

Un giorno d'inverno faceva freddo più del solito. Il focolare scaldava i fratelli accoccolati accanto ai nonni e la zia sordomuta. Era appena trascorso il Natale, la nidiata aspettava la Befana senza regali. Uno arrivò lo stesso. Stavano giocando con Asto dentro una montagna di trucioli, residui del lavoro al tornio di quel vecchio alto due metri che era il nonno. Arrivò il padre dei bambini piuttosto alticcio. Sequestrò il cane, staccò dalla parete la doppietta (ce n'erano parecchie), prese dal cassetto alcune cartucce e uscì. Prima di sparire lanciò un'occhiata satanica e disse:

Vado a prendere un po' di uccelli per la cena.

Non aveva mai ingaggiato Asto in funzione di puntatore. Era buono a nulla. E per uccelli non serve il cane. Ma questo i bambini non lo sapevano. Prima di andarsene tirò una bestemmia e un calcio ad Asto che cigolò. Dalla porta socchiusa entrò l'inverno col pastrano di gelo e vento. Il fuoco tremò come avesse paura, l'aria fredda che bruciò il naso ai bambini sapeva di tragedia.

[17] "È un buono a nulla, si riempie la pancia senza fare alcunché."

La vecchia nonna urlò al figlio di chiudere l'anta in fretta, i piccoli congelavano. Il cane tirava mugolando per tornare dentro, un altro calcio lo zittì. Poi ci fu silenzio. L'altalena del povero Asto aveva iniziato l'oscillazione di sola andata. Dopo dieci minuti udirono uno sparo. Proveniva dalle parti della chiesa di San Rocco. Ha trovato gli uccelli, pensarono i bimbi, stasera polenta. Di lì a poco rientrò il padre senza cane. Lo aveva ucciso in fondo alla via e lasciato lì, che s'indurisse, e la futura neve lo seppellisse. L'uomo appese lo schioppo e disse: Una bocca in meno che mangia a sbafo.

A dolore si aggiungeva dolore nell'animo di quei bambini. Non era la prima volta. Altri cani furono abbattuti per non essere lampi di bravura. Uno ebbe la testa fracassata a colpi di scure dal nonno che era stato morso a una mano.

Storie che lasciano segni, fatti che nei bimbi aprirono squarci, i loro cuori vennero terrorizzati per sempre. Il primogenito ancor oggi se li porta appresso come massi di Sisifo, o carri senza ruote da trascinare in salita. Ma non ha più paura, gli è rimasto soltanto il dolore che emanano quei ricordi lontani. E la tristezza di aver perduto molto, accanto a un genitore dai modi spicci e dal cuore assente, come la sua presenza accanto ai figli. A una certa età giova diventare essenziali, accumulando sentimenti che creano tranquillità e rassegnazione in serena attesa del passo finale. Guai se rimembrasse il tragico passato, dove tre bambini abbandonati non chiedevano altro che un tozzo di pane e una carezza. Che, bene o male, ricevevano. Non da coloro che li avevano messi al mondo, bensì da vecchi stanchi, intristiti dalla miseria e dal fallimento del loro figlio. A una certa età, i ricordi devono, o dovrebbero, trovare una sublimazione, non stimolare colui che ricorda a provare ulteriore dolore, e pietà di se stesso.

Il primogenito, vecchio ma non ancora stanco, troppo spesso si crogiola nel dolore del ricordo. Accusa gli altri di non comprendere il dramma che tuttora si porta appresso. Possono essere amici, parenti, conoscenti, figli: tutti insensibili.

Lo tiene in piedi un amore lontano, ma vicino nel pensiero come la montagna che svetta davanti alla casa natìa. Ci gioca poco per fortuna con quella tecnica, giusto il tempo per piangersi addosso e intenerire gli animi di coloro che gli stanno accanto. Ma sono davvero pochi quelli che dividono un po' di cuore nei suoi confronti.

È uno che non sa farsi amare. Dice in faccia quello che pensa. A tutti. Possiede un dono, come i cani da tartufi. Fiuto che gli permette d'annusare al primo acchito falsi, ipocriti, furbastri, invidiosi, odiatori. Glielo fa capire subito. Quindi si crea nemici. Attorno a sé ha lasciato terra bruciata e macerie di finti amici. Ma ormai ha fatto la scorza, una corazza dura, come i vecchi larici colpiti dal fulmine. È rinato grazie a quel po' di linfa risparmiata dalla saetta.

Un giorno, nella vecchia casa natìa, scovò una foto di quando era bambino. È ritratto sul banco di scuola, forse a dieci anni. Braccia conserte, la blusa nera col nome ricamato in rosso dalla nonna. Il musetto vispo, occhi da discolo, mezzo sorriso per dare allegria, come suggeriva il fotografo delle classi. Ma c'è un ma. Dopo settanta e passa inverni, anni volati in fretta da fargli paura, il vecchio legge in fondo a quegli occhi il dolore. Vede i drammi che il bambino aveva già vissuto assieme ai fratelli. Quel sorriso è finto, forzato, il viso da monello è solo atteggiamento spavaldo, gesto di sfida. Dietro quello sguardo si nascondono tristezza, paura, malinconia, rassegnazione. La musica è oltre le note, diceva Mozart, e in quegli occhi luccicano i pianti del dolore, l'origine di botte e fame, il sangue della mamma sulle scale, la rassegnazione, l'idea che niente possa mai cambiare, la voglia di sparire. Quegli occhi oggi sono rimasti uguali. Tutto rimane nel posto dove è stato impiantato dai mostri dell'infanzia. Che avevano paternità e maternità.

Oggi che vede quei fatti lontani, non per questo annacquati dagli anni, ma vivi come braci sotto la cenere, il vecchio dice che avrebbe potuto comportarsi diversamente. Col giudizio del dopo si diventa impeccabili, irreprensibili, infallibili. Ma durante il percorso nulla si sa e il non sapere genera ansie e paure. E produce orrori.

Questo pensa il vecchio montanaro, mentre giorno dopo giorno (e di notte) cerca di scacciare i fantasmi. La notte per lui è un passaggio di ombre. Una sfilata di quei fantasmi andati avanti quando erano in vita, e ora tornano silenziosi e presenti a ricordargli che il tempo corre, il passo finale alza il piede.

Scolpite su un blocco di pietra, all'ingresso del camposanto dove riposano i suoi amici, vigilano ammonitrici queste parole:

Ero anch'io come sei tu, e tu verrai come son io.

Quando era giovane, nemmeno ci badava. Andava ai funerali immaginando lontane quelle parole. Ora, pur restando sempre ferma, inchiodata alla pietra, quella frase si è mossa avvicinandosi a lui per farsi leggere. Fargli ricordare che sta per diventare come loro.

Giorno dopo giorno, l'altalena del tempo è tornata. Dopo un lungo giro di andata, ora si presenta di fronte col seggiolino vuoto, invitandolo a salire. Il vecchio respinge l'offerta, non è ancora momento. Sono riapparsi anche gli amici scomparsi cavalcando le loro altalene tristi. Uno dopo l'altro fanno avanti-indietro, li vede. Quando vanno all'indietro si allontanano e per qualche ora li dimentica. Vuole dimenticarli, bloccherebbe le altalene nel punto lontano. Quei volti gli ricordano troppo che una volta furono come lui e ora si trovano, ombre malinconiche, nel misterioso regno dei morti. Ricordare gli amici scomparsi gli provoca pensieri lugubri, paure, ansie. È la consapevolezza che pure lui è vicino al passo finale. Questo gli rammentano i compagni di battaglie perdute che non ci sono più. È il motivo per cui vorrebbe spingere le altalene degli assenti in un punto remoto e bloccarle. Ma non è possibile. Più le allontana e più veloci tornano cariche di memorie e volti conosciuti pieni di silenziose domande.

Se è toccato a loro, perché presto non a me? Potrebbe esser subito, o domani, tra qualche giorno, o parecchi mesi.

Per questo motivo, a settantatré anni, non vuole perdere un minuto di esistenza a fare ciò che non gli piace. Troppe volte nella vita è stato costretto a cedere il suo credo e agire controvoglia, fare, per dovere di famiglia, di figliolanza, di rispetto verso gli altri, cose noiose, azioni forzate. E peggio ancora atteggiamenti che non sentiva ma doveva mostrare per ingraziarsi il datore di lavoro.

Prima che la fortuna si voltasse un attimo dalla sua parte passò anni di miseria per non dire indigenza. Clienti furbastri sfruttavano la sua necessità di campare. Chiedeva trecentomila lire per una scultura lignea e gliene davano centocinquanta. Quando sei tu a chiamare il cliente, ché hai l'acqua alla gola, questo ne approfitta.

Ne approfittarono a lungo finché non sbucò dal nulla il mecenate che gli cambiò la vita. Era un galantuomo di Sacile, Renato Gaiotti: per quest'uomo il vecchio montanaro serberà gratitudine fino all'ultimo respiro. Per il resto tagliava la legna da fuoco, che serviva due stufe. Circa centocinquanta quintali l'anno. Quella da scolpire, quella da vendere per arrotondare. E quella da regalare a qualche vecchio bisognoso. Così era a quel tempo.

Tirò avanti in questo modo per molti anni, con sacrifici e fatiche. Ai figli non fece mancare nulla, in primis gli studi fino alle lauree. Poi la sorte cominciò a sorridergli e si rilassò. L'altalena del futuro si fece avanti, oscillò verso di lui con buone cose sul seggiolino. Le acchiappava al volo, se non era svelto l'oscillazione di ritorno le avrebbe riportate indietro. Prendere al volo e aspettare che si ripresentasse l'imprevedibile altalena della sorte. Intanto i giorni trascorrevano veloci, gli anni li seguivano altrettanto rapidi. Un novembre di colori sbiaditi e foglie strappate dai venti e dalle piogge, decise di fare un passo indietro per verificare se ancora era capace di lavorare senza l'ausilio di tecnologia. Mise in un angolo le cinque motoseghe deciso a fare scorta di legna usando soltanto la scure. Come ai tempi di nonno Felice, iniziò a battere colpi alla base dei tronchi che dormivano nel calar della luna autunnale. Solo carpini. Aveva deciso così: soltanto carpino bianco e nero. Ne tagliò e portò a casa centotrenta quintali. Allo stesso modo li ridusse a misura da stufa e li spaccò. All'inizio piagò le mani e massacrò le braccia ma, poiché i muscoli hanno buona memoria, smaltito l'acido lattico, la forma tornò eccellente. Con quella scelta pareva avesse intuito qualcosa.

Alcuni anni dopo, infatti, il pianeta fu scosso dal micidiale virus che porta, ironia della sorte, il suo cognome. Furono due anni nei quali i vecchi che ancora abitavano il ripido rispolverarono gli antichi mestieri. Durante la peste del terzo millennio, nei paesi di montagna tornò ad affacciarsi il mondo arcaico. Con il taglio del fieno sui pendii, luccicarono falci e falcetti. Con quello dei boschi nelle valli a solatìo, cantarono le asce. Con i ripidi campi vangati a mano, grugnirono badili e zappe nel fendere la terra che li aspettava da tempo. Gli orti rigogliosi, occhieggianti al chiaro di luna, osservavano soddisfatti. L'altalena delle fatiche era tornata. Non per necessità bensì per non dimenticare ciò che era stato, ciò che pochi anni prima era indispensabile. Tutto questo, secondo lui, sarebbe riapparso entro pochi anni.

Se gli uomini, anziché stare uniti e aiutarsi a vicenda, seguitano a distruggere se stessi con guerre e rivolte, uccidere il pianeta con veleni e porcherie, toccherà ai superstiti impugnare di nuovo attrezzi semplici. Vivere con cervello e mani inginocchiandosi sulla terra.

Ogni tanto, se non guarda programmi di sport, segue robe di scienza, e s'accorge di quanto è cambiato il mondo negli ultimi trent'anni. Non è un nostalgico dei tempi andati, men che meno uno che, a mo' di rimprovero, tende a dire: noialtri. Noialtri chi? Quali noialtri?

Detesta i vecchi, alcuni coetanei, che ce l'hanno a morte con la società di oggi, soprattutto con i giovani, ritenuti buoni a nulla, fannulloni e rammolliti: noi sì che eravamo in gamba, forti lavoratori, fantasiosi imprenditori, capi di noi stessi, è il ritornello.

Balle. Erano un branco di insicuri, perciò spavaldi, sbandati, senza arte né parte. Gran lavoratori sotto padrone, gran bevitori nel tempo libero. Un po' di italiano lo masticavano annegato nei vari dialetti, prima di tutto quello antico, ostico e impenetrabile del paese.

I ragazzi di oggi studiano, padroneggiano le lingue, sono svegli, sanno muoversi con disinvoltura nell'intricato mondo della tecnologia moderna. Rispetto a loro, quelli degli anni Cinquanta sembrano usciti dalle caverne. Ignorano molte cose, e siccome le ignorano, non resta niente di meglio che disprezzarle.

È pur vero che i ragazzi di oggi hanno tante opportunità rispetto a loro. Possono (se vogliono) studiare, provare lavori diversi, avanzare di grado, fare carriera, imporsi. Lui ormai si sente (ed è) fuori corso, lontano dal tempo, incapace di adeguarsi, ma nemmeno lo vorrebbe. Chi si è formato nutrendosi di certi insegnamenti, chi è stato tatuato dal bisturi dell'assenza, chi sta invecchiando guardando al passato senza nostalgia bensì con la memoria di regole ferree, essenziali a campare, difficilmente cancella per ripartire da zero. Non ne varrebbe la pena. E non la varrebbe nemmeno se tornasse a vent'anni.

Ha detto Nuto Revelli: "Abbiamo visto il volto di Medusa senza rimanere impietriti".

Ma induriti sì. Oggi le altalene non oscillano più. Si sono fermate, bloccate dal gelo della vita, dal perenne inverno degli anni, dalle disgrazie arrivate a valanga, da genitori folli e senza cuore. I due rimasti hanno indurito l'anima salvando un angolino per sorridere un po'.

Le infamie si perdonano, non si dimenticano. Si è figli di madre e padre ma soprattutto di quello che ci è accaduto da piccoli. Quello è il tatuaggio indelebile, il vero DNA. Non si può togliere neanche levando la pelle come fecero gli aguzzini a Bartolomeo. È un tatuaggio penetrato a fondo, nella carne, nei muscoli e giù, fino alle ossa. Incidendole a coltello le ha fatte scricchiolare. Dall'osso è penetrato al midollo dove, trovando il tenero, si è insediato. Riposa ma non dorme. Il dolore è bestia insonne, nemmeno s'appisola. Ma può riposare. E in quei segmenti di rara quiete il ricordo fa un po' meno male al vecchio montanaro.

Mai ha mostrato il fianco come negli ultimi due anni. Forse intuisce la fine? Ogni cosa che fa, ogni parola che dice, soprattutto quella strana quiete che lo circonda da qualche tempo, sanno di testamento? O di saggezza raggiunta? Vive come se avesse gettato le armi nel vuoto del ponte Altin. Vanità compresa. E così pure il desiderio di gloria, successo, visibilità, fama, voglia di imporsi, primeggiare, valere. Obiettivi che fino l'altro ieri cercava con ogni mezzo. Mezzi onesti, però.

Un amico medico, il dottor Andrea Grieco, studio a Pistoia, luminare che sta rivoluzionando i metodi dell'alimentazione, gli fornisce pillole a rimedio di una malinconia perenne che lo accompagna fin da piccolo. Lo aiutano un poco ad allontanare la signorina dall'abito scuro, ma poi torna e in silenzio s'accoccola accanto a lui. Allora usa una pillola speciale, roba di vetro, scura e tosta chiamata bottiglia. Quando vede il fondo la signorina fugge impaurita ma al mattino si palesa di nuovo. E, come a vendicarsi per lo spavento subito, anziché accoccolarsi gli salta sulle spalle pesando come piombo.

È l'altalena della vita, il via vai della paura, dell'infanzia brutalizzata da individui che, invece d'inventarsi genitori, dovevano abitare le selve. Sarebbero sopravvissuti, non mancavano loro le zanne, né la ferocia di adoperarle a modo. Invece vissero nel paese ripido, usando i denti su tre bambini infelici, impauriti, impoveriti, privi di carezze e intontiti dalle privazioni. Eppure, ora che sono morti e lui è vecchio, ricorda i genitori con dolcezza. Forse, ma anche senza forse, è uno dei motivi della sua tristezza, della malinconia, della mancanza di entusiasmo che accompagnano gli ultimi anni. Solo poche cose riescono a ridargli brio e voglia di sorridere. La montagna, le scalate, lunghe camminate nei boschi, le stagioni, il canto dei cuculi in aprile e qualche nuovo amico. Quelli vecchi sono morti, gran parte di loro, nati lo stesso anno, senza dubbio ha avuto minor fortuna. Altro motivo per esser malinconico.

Quasi ogni notte li passa in rassegna. Silvio, Icio,

Carle, l'altro Carle, Armando, i fratelli Basilio e Piero, Bepino e Bepo, Zoliàn e Claudio, anche loro fratelli. E ancora: Moreno, Cice, Toni de Tràina, Nanin. A questo punto ferma la conta. Ci sono pure le coetanee, belle ragazze nate negli anni Cinquanta, anch'esse ormai da tempo nel regno delle ombre. L'altalena degli amici scomparsi ha oscillazioni di sola andata. Il ricordo la muove a ritroso ma il seggiolino è vuoto, e le ombre della sera aspettano lui. Se c'è da intristirsi, immalinconirsi, disperarsi, ubriacarsi, ci vogliono motivi buoni. Per esempio malattie feroci che colpiscono i figli, robe serie da far tremare le vene ai polsi. Pure questo dolore ha sperimentato. Ora va meglio, se la sono cavata, anche se il resto del tempo dovranno usarlo a tenere d'occhio le bestie e porre attenzione anche al cibo che mangiano.

Nonostante il destino avverso, stare al mondo è sempre una bella cosa. Lo sa lui e glielo dimostrano, giorno dopo giorno, proprio quei figli, colpiti dalla sorte e ora fiduciosi nei giorni a venire. Ma i loro sorrisi non sono più gli stessi. I volti del tempo felice, quando le tempeste erano lontane e mai s'aspettavano si scatenassero, non esistono più. E il vecchio è sempre triste. Lui così ciarliero, con o senza alcol, è diventato silenzioso. Non disperato bensì quieto e taciturno. Qualcuno se n'è accorto e fa domande.

Cos'hai? Ti vedo serio.

Niente.

La gente, abituata alla chiacchiera di un individuo, quando d'improvviso questi parla poco o tace guardando l'orizzonte, chiede perché.

Da qualche tempo ha smesso col vino, la birra e il marsala. Ce l'ha fatta. Per ora. Era diventato sistematico bevitore di passiti, coinvolgendo nel disastro sconosciuti e amici, giovani e vecchi. Smettere di bere non è difficile se hai qualcosa da salvare, qualcuno cui voler bene. Soprattutto gente alla quale non far del male, non far soffrire. Se un figlio o un amore o più figli, come nel suo caso, ti vedono sbronzo farfugliare parole a vanvera, rotolar per terra, offendere la gente, produrre figuracce, ne soffrono. Il vecchio bevitore ha smesso per evitare di crear dolore a quelli cui vuol bene e che gli vogliono bene.

In primis l'ombra presente, una speciale ombra che a colpi e spintoni lo ha tenuto, e soprattutto lo mantiene, sul sentiero giusto. Una via pulita e dritta che corre centrale sorvegliata ai lati da rovi e spine, voragini e strapiombi. Oggi cammina bene su quella via ma guai sbagliare passo. Una distrazione, la scarsa concentrazione, il momentaneo concedersi al pensiero e uscirebbe di pista cadendo a capofitto. È successo tante volte ma è sempre riuscito a risalire.

Adesso ha di peso l'età, turbolenza quieta, che crea mancanza di stimoli. La vita, quell'accumulo di giorni e dolore, toglie entusiasmi, raspa volontà, attenua decisioni, annulla il presente rimandando al futuro.

Farò domani.

Invece non si fa più. Se poi ci metti l'alcol, l'uomo è finito. Il vino è subdolo, ti convince che non succede niente, che dopo una sbornia puoi prenderne un'altra e la successiva, tanto smetti quando vuoi. Non è così. Il vecchio montanaro lo sa. Oggi che ne ha settantatré, finalmente ha aperto gli occhi, ha visto la paura. La paura non si sente, la si vede. Ha mille facce, migliaia di abiti, milioni di occhi che guardano. Uno dei castighi peggiori è scoprire che hai perso tempo. Soprattutto a una certa età, quando i giorni volano uno dopo l'altro come batter di ciglia. Ha scoperto con gioia che l'astinenza dal bere riportava per mano come cuccioli smarriti gli hobby, le passioni, i passatempi prediletti. Ha sentito il corpo per qualche tempo fiacco e debilitato, gonfio e lento, riprendere magrezza, forza, agilità e voglia di muoversi. Queste soddisfazioni fanno decidere per una vita naturale e accorta, l'unica che un vecchio dovrebbe perseguire. E allora ecco che il nuovo redento ha chiaro in testa il futuro del quale non vuol perdere nemmeno un secondo.

Questa volta l'altalena dell'alcol ha ricevuto spinta di sola andata. Per ora. Ma il vecchio teme. Guarda l'orizzonte dei giorni, spia dietro l'angolo, sa che il demone potrebbe tornare. Da una vita va e viene, cinico e beffardo, con fasi alterne di tenuta. Teme venga meno la decisione di resistergli. A dire la verità, senza girarci attorno, non può mentire a se stesso, sa che il vino tornerà nella sua vita. Basterà un attimo di debolezza, un momento di dolore, un qualcosa che toglie speranza ed entusiasmo, ed è fatta. Quindi poche chiacchiere, il vino riapparirà nella sua vita.

Alla sua età, pericolosa per seguire buoni propositi, la vita offre due binari: fare bene o fare male. Il conflitto sta nel cervello che a giorni alterni preme verso il cielo o verso l'abisso. Dipende da stati d'animo. Da tumulti scatenati non dal ragionamento ma dalle emozioni. Da accadimenti improvvisi che radono al suolo l'animo già provato.

Un vecchio se ha giudizio può diventare saggio, non forte d'animo. Al contrario, l'età lo rende fragile e vulnerabile perché sa. È cosciente del pericolo e dell'ansia che esso trasporta. Rimane sospesa sopra i suoi anni, e può cadere da un momento all'altro. Non ha speranza e nemmeno disperazione. Vorrebbe avere a disposizione un po' di tempo, veder crescere i nipoti, scalare qualche montagna.

Come il Duranno, che salì a tredici anni col fratello morto a diciotto in Germania, dentro una piscina nella città di Paderborn. Forse ucciso in una rissa, pensa il vecchio. Ne è convinto ma non tenta indagini. Ormai sono passati tanti anni, non vale la pena sapere verità sepolte dal tempo, dormienti in pace come il fratello andato.

Vorrebbe avere a disposizione ancora un po' di giorni tranquilli per stare accanto all'ombra salvifica che lo tiene sul sentiero a suon di spinte e correzioni. Ai lati un vuoto di nebbie, abissi e voragini, forre e burroni. Niente passi falsi, niente assenza di quella guida importante, niente bicchieri. Il volo sarebbe assicurato. Vorrebbe avere un po' di spazio per riflettere, riordinare il passato, mettere a posto alcuni conti che non tornano. Sognare gli ultimi anni nel vuoto della serenità. E perché no del perdono, della bontà che diventa generosità. Non per dimostrare tardivo giudizio ma per far bene a se stesso.

Così vorrebbe fare il vecchio.

In poche parole prepararsi allo spintone finale con serenità, rassegnazione e coraggio.

Pensa alla morte e lo fa spesso. Sa quanto sia fortunato a vivere, esserci ancora, stare al mondo, seppur un mondo storto o, come scrisse Platonov, "bello e feroce".

Ha perduto quasi tutti gli amici. Tanti erano coetanei. Molti hanno scambiato chiacchiere con la morte. Li chiamavano terminali, gente ai ferri corti con la vita. Immagina se stesso in quella situazione: gli prende il terrore. Sbanda per le vie dell'anima come il vitello che ha ricevuto la mazzata e non è crollato. Vacilla, sbatte sui muri, cade e si rialza senza capire dove va. Sa soltanto che dovrà morire presto, abbandonare tutto, andarsene al macello finale dove sono crollati gli altri. Il vecchio pensa che percepire l'imminente data di morte sia la tortura più feroce che possa esistere.

Il potenziale suicida non sa quando si ucciderà. E se lo farà. Semmai dovesse rinunciare al suicidio e riprendere in mano l'esistenza, la data di morte è annullata. Per il terminale no. La sua data è scritta nei giorni, nel mese dopo mese. Prima o dopo, l'ultimo foglietto del calendario verrà strappato via.

La tragica differenza è che il potenziale suicida non vuol più vivere, anzi, è contento di farla finita. Il terminale invece s'aggrappa con unghie e denti a quel che resta dell'esistenza. Un andare e venire di miglioramenti e ricadute.

Le altalene degli umani sono beffarde oscillazioni di speranze e delusioni, dolori e lampi di gioia, sogni e progetti distrutti, ridotti a briciole da realtà senza logica, puntualmente presenti nei destini. Tutti questi pensieri agitano le notti senza sonno del vecchio che sta per avviarsi allo scacco finale. Non vuole dormire, è attivo giorno e notte tra sculture, libri da scrivere, da leggere, coccolare il cane Kurt, la gatta Circe, guardare sport in tv. Nel frattempo gli è arrivato un gattino a nome Dalton.

Gli sembra di non avere più tempo a sufficienza per fare le cose, coltivare hobby, stare coi suoi animali. Per lui la notte vale quanto il giorno, forse di più. Vita in ombra, raccolta nel silenzio dei pensieri, la quiete delle ore mute, dove le uniche voci sono rantoli di uccelli notturni che entrano nella tana a tenergli compagnia.

Ultimamente non assume più incarichi, non prende impegni, evita inviti culturali e salotti dove un tempo era di casa. Se la vecchiaia è questa ben venga, pensa l'uomo. Ci son voluti settantatré anni per liberarsi della scena, del palcoscenico, della recita. Ora sa cosa vuole.

Un vecchio samurai, Yamamoto Jōchō, nel XVII secolo ha scritto: "La vita è breve come un sogno, sprecarla tutta a fare ciò che non piace è pura follia".

Sante parole, nobile obiettivo che il montanaro aveva intuito fin da giovane. Mai voluto lavori fissi, impegni a lungo termine, impieghi a data di pensione. Sarebbe morto di tristezza.

Se qualcosa lo ha aiutato a tener duro e sopportare sono stati i figli. E da vecchio, quella guida silvestre indispensabile a farlo rimanere sul sentiero in linea retta.

Le altalene!

Il perenne va e vieni delle cose, l'andata e ritorno di tutto ciò che accade a un essere umano lungo la marcia di ritirata. I fatti si ripetono, le cose si palesano puntuali, pare vogliano tornare per avvertirci che sono già state. Quando si nasce, non si va avanti nell'esistenza bensì indietro. È l'ineluttabile ritirata, dalla nascita alla maturità, dalla vecchiaia alla morte. Una marcia indietro sulla primitiva spinta di andata. Sogni e speranze col viso al sole. Il ritorno in ombra, seggiolini vuoti, progetti in polvere, assenza di occupanti, vecchi e nuovi. Altalene ferme da tempo, rigide, bloccate dalla neve nel gelo dell'inverno. Nessun cigolio di catene, corde dure come candele, fisse, spente come le speranze. Decollarono nell'oscillazione di partenza e scomparvero. Il vecchio ancora aspetta che tornino, ma sa che non si faranno vedere. Attende. Certamente non aspetta fiducioso, sa che è inutile, aspetta e basta. Secondo il suo pensiero, chi smette di attendere smette di sperare, quindi è finito.

Si muore rimanendo vivi, estenuati nell'anima e nel corpo. Sarebbe facile mollare tutto, rintanarsi nell'angolo di un bar da mattina a notte, ottundersi di vino finché qualche inciampo non ti porta via. Ci ha pensato parecchie volte ma le difficoltà dei figli gli hanno fatto cambiare idea. Lo ha frenato la guida silvestre, anche se spesso l'altalena tornava piena di insulti e offese, sospetti e maledizioni, incomprensioni, insicurezze e paure. Il diavolo sobilla le anime.

Chi ha paura non dovrebbe impegnarsi in amore. Fa danno a sé e all'amato. O all'amata. Questo pensa il vecchio montanaro. Amare vuol dire silenzio, pazienza, accettazione, comprensione. Soprattutto niente indagini né perché. Donare senza pretendere ricambio. Per fare questo ci vuole coraggio e quello lo crea l'intelligenza. Ma ormai, l'uomo accetta quella sorte creata da lui, dagli altri e dal destino. Torni pure il seggiolino carico d'insulti, purché seduta accanto dondoli ancora la guida silvestre.

Ora il sentiero si fa sottile, il tempo sta cambiando,

avanza l'inverno. Gli alberi sono spogli, i rami secchi, alcuni caduti a terra. Quelli vivi, silenziosi, alti e radi guardano il basso. Vogliono capire se le radici ancora tengono. Tengono, non c'è fretta di cadere, il vecchio albero ha piedi piantati bene, possono oscillare tranquilli. Quei rami dondolano su e giù sotto la pressione degli elementi: il peso della neve, il martello della grandine, la spinta del vento, la sferza della pioggia.

L'altalena della loro vita si muove soltanto lì, sotto i cieli delle stagioni, sostenuta dal logoro tronco pieno di ferite. Vi sono cicatrici profonde, lunghe, e larghe, memorie lasciate da saette. Altre sottili, segni di pennino a inchiostro rosso, tracce di bisturi raffinati, proprio per questo più dolorosi. Vi sono colpi d'asce e roncole, picconi e rasoi.

C'è di tutto sulla corteccia indurita del vecchio, tesa e scura come pelle secca di vacca.

Ma i pori non sono chiusi, respirano, fanno passare aria essenziale, filtrata per sopravvivere. Poche cose ma buone, respiri brevi, salti corti, sentieri facili col punto di domanda in fondo.

Che sarà di me?

Su in alto, sopra gli ultimi rami senza foglie, quasi a scrivere le sue memorie, la punta del vecchio larice gratta il cielo grigio dell'inverno. Ormai è un'altalena circolare, niente più avanti-indietro ma giri a cerchio. Vuole chiudere, circondare con solchi scavati a trincea l'esistenza che lo ha portato al tratturo finale.

È andata così, e per certi versi è andata pure bene.

Da qui a quello che resta, prudenza, attenzione, cautela e soprattutto silenzio. Si sente un po' come il pensatore Macedonio Fernández, maestro di Borges, che definì Victor Hugo "un insopportabile parolaio, il lettore se n'è già andato da un pezzo e lui è ancora lì che chiacchiera".

Un po' alla volta si sta ritirando, opera la risacca di se stesso, un'onda di sola andata come ultima spinta all'altalena. Una piccola onda lieve, discreta, a smorzare tutto il chiasso di cavalloni e marosi che ha prodotto. Uno sciacquìo sottile, un bordo liquido rotolante che appena tocca riva verrà ingoiato dalla sabbia. Si è rassegnato a questo: andare su e poi tornare giù, come la corsa delle altalene. Nel mezzo di andate e ritorni la vita, con tutto quello che è successo.

Se pensa ai momenti di gioia provati nell'arduo ondeggiare del percorso, realizza che sono pochi. Prevalgono senza dubbio il dolore, la paura, l'angoscia. Più tardi ha presente il dubbio.

Noia mai.

I fratelli, impegnati a sopravvivere, resistere, evitare il padre, ricordare la madre, dovevano lavorare. Oggi si chiamerebbe sfruttamento minorile, allora era aiuto a una famiglia fragile e antica composta da tre vecchi e tre bambini.

Legna, foglie per lo strame, fieno, letame sui campi innevati portato con gerle gocciolanti. Le stagioni alla malga, il pascolo, mungiture, cagliate, dare forma al burro col pistone che nell'affondare e riemergere dalla zangola spaccava le braccia. Un'altalena di legno, un su e giù dentro il cilindro consumato dai colpi, il larice antico che mostrava consunti i cerchi degli anni. Tempo di lavoro, fatica, anni di formazione che esigevano silenzio, obbedienza, sacrificio senza lamenti, soprattutto costanza. Toccava fare e basta. Non si trattava di qualche giorno ogni tanto, sparso qua e là, nelle stagioni.

Era tutti i giorni la stessa musica: scuola e lavoro, lavoro e scuola. I fratelli preferivano impugnare zappe e badili, asce, rastrelli e falci, che sfogliare libri. L'aria aperta era loro congeniale, salvifica, medicinale, le aule chiuse no. Nemmeno in chiesa rimanevano volentieri: volte alte e dipinte, catafalchi e altari ma muri e porte chiuse.

Oggi il vecchio montanaro ricorda quel periodo come un regalo. Erano vivi, tutti assieme, tutti presenti salvo i genitori. La miseria, anziché lamenti, creava unità, affetto, collaborazione, e una certa serenità. Rimpiange i giorni difficili, i tempi senza "roba", senza niente. Le ristrettezze facevano sì che quando arrivava qualcosa di buono era regalo del cielo, giornata memorabile da godere appieno e ricordare.

Beata povertà e silenzio, beata mancanza di tutto.

Le difficoltà resero quei bimbi essenziali, pronti al sacrificio e contenti di ogni poco. Soprattutto non pensavano alla morte. Non la conoscevano, era lontana dalle loro preoccupazioni. Sentivano dai nonni, o da voci in paese, che era mancato questo o quello, ma la notizia li lasciava indifferenti. Finché, in modo inatteso e repentino, si presentò alla porta senza bussare ed entrò. Da quel momento fu un continuo finire al camposanto. Allora i superstiti capirono. Se ne andò prima il nonno, poi il fratello, poi la zia sordomuta, ultima la nonna. Tutti a breve distanza uno dall'altro. Il nido povero e accogliente, unito e pieno d'affetto, venne sfasciato per sempre.

I fratelli sopravvissuti, il maggiore e minore, si guardarono in faccia. Da quelle partenze nessuno sarebbe tornato. Erano rimasti soli, cambiava la vita, il dolore aumentò, la speranza s'arrese. Ma si fece ancora viva quando dovettero ripartire, riprendere il sentiero, portarlo per passare. Per riuscire servivano speranza e forza. L'una genera l'altra, sostenendosi a vicenda. Senza forza non c'è speranza, senza speranza la forza viene meno. E così attrezzarono il futuro per affrontare l'ignoto: calma, cautela, attesa, e niente progetti. Quelli sarebbero arrivati da soli, come le piogge inattese a primavera. In base a circostanze, possibilità, destino e occasioni perdute, qualcosa sarebbe arrivato.

Il vecchio sostiene che il futuro è un tempo e in quel tempo dorme l'ignoto. L'altalena dell'incognita, il fato che scende dall'alto, la spada di Damocle che si stacca d'improvviso e colpisce. O ti passa accanto lasciandoti incolume.

Ancora tremando di paura dici:

Stavolta è andata bene.

Alzi la testa per vedere da che punto è partita la spada. Con sgomento ne scopri un'altra appesa all'esile filo di lana. Non c'è scampo, siamo sotto tiro. Qua e là qualcuno cade sempre, ogni ora, ogni minuto, ogni secondo.

Non lo vedevo da tanto tempo. Lo evitavo. Sapevo di lui tramite notizie di riporto, i detrattori mi tenevano informato.

Da quando era diventato noto, da quando aveva voluto testardamente diventarlo, lo avevo abbandonato.

Me l'ero scrollato di dosso come il cane si scrolla l'acqua dal pelo. Eppure eravamo amici, forse lo siamo ancora. Oggi che ci penso, il rifiuto del suo personaggio stava nella stizza che provavo constatando che usciva dal gruppo come il protagonista di un famoso libro. Reputai i suoi sforzi per emergere dagli escrementi della vita un tradimento, un abbandonare gli amici, filarsela per conto suo. Giudicandolo opportunista e traditore lo consegnai al suo destino.

Oggi mi domando se la mia scelta non fosse dettata anche da un po' d'invidia. Rispondo sì. Allora perché, dopo tanti anni, non andare a fargli visita, tendergli la mano, sedermi accanto a lui?

Si è intanato laggiù nella vecchia casa, dove circolano silenziose le ombre del passato, dei famigliari estinti, della memoria. Dove sapeva che un giorno sarebbe tornato per spegnersi in pace tra quei ricordi lontani, tra quei volti fatti di polvere, mai dimenticati. Piegando il mio orgoglio, lo andai a cercare.

Calai dal paese nuovo a quella casa antica e vuota, dove sapevo trascorreva i giorni pensando ai figli e alla guida silvestre. Ogni tanto vedeva entrambi ed era contento. Nella casa non lo trovai. Chiamai, non rispose. Allora, mosso da un misterioso istinto, mi avviai verso oriente, dove inizia la via San Rocco. Non sbagliai.

Era un mattino di tarda primavera, cantavano cuculi e mille altre voci riempivano l'aria. Avvicinandomi a un'abitazione diroccata che sporge le orbite vuote sul bosco del Baèrt, notai del fumo. Un filo azzurrino di fumo ritmico come uno sbuffo. Era lui. Seduto su una panca marcita dalle intemperie e dagli anni, fumava l'inseparabile mezzo toscano fissando il vuoto. Sono certo che notò la mia presenza ma non si voltò né batté ciglio. Mi piazzai davanti costringendolo a guardarmi. Accanto c'era un'altalena penzolante da una sola corda, il moncone dell'altra in alto, appeso alla trave. Tutt'attorno erbacce e sambuchi, rovi, susini spinosi, meli nani e un cespuglio di rose selvatiche. Tesi la mano all'uomo che non avvicinavo da anni. Non si mosse. Realizzai che aveva buoni motivi per negarmi la stretta: lo avevo allontanato dalla mia vita senza un chiaro motivo. O meglio, il motivo c'era, la mia sciocca invidia. Gli sedetti accanto porgendo ancora la mano. Mi guardò sussurrando:

Non serve più.

Avrei potuto imbastire discorsi, chiedere scusa, fare domande, trovare motivi, spiegare. Non lo feci. Ebbi chiaro che l'amico aveva separato la sua vita dalle esistenze altrui. Aveva superato ogni bisogno di chiarimenti, ogni dipendenza, ogni necessità per corpo e anima di venir nutriti da altri. Aveva capito che l'armonia tra esseri umani è impossibile o di breve durata, così come l'amore, l'amicizia e ogni cosa che coinvolga più di una persona. Rimanevano i figli e la guida silvestre, uniche anime verso le quali voltava ancora la testa per far battere il cuore. Il resto, tutto il resto, meglio soli. Era vecchio, gli rimaneva poco spazio per voler bene. A un certo punto buttò il mozzicone di sigaro nel ruscello del Rio Fontane. Con il piede dette una spinta all'altalena monca. Dopo la breve oscillazione, s'impigliò nel garbuglio di susini e rose selvatiche e non tornò.

L'amico, che non vedevo da tempo, e non mi voleva più, visto che rifiutava la stretta di mano, disse:

Vedi? A un certo punto parte l'andata senza ritorno. Quella è la nostra altalena: rotta, ferita, vecchia, in disuso. Non dondola più, e non avrebbe senso lo facesse. I bambini che la usavano emigrarono dopo il Vajont, alcuni sono morti, altri dispersi. Anche noi ci saltavamo sopra divertendoci. Facevamo a turno. Oggi non sono più bambino, e seppur so dove mi trovo, mi sento disperso.

Ricordo una vecchia che veniva a controllare non facessimo danni. Un giorno arrivò nel momento che dondolavo sul seggiolino. Tu mi spingevi. Lungo il tragitto, appesa allo stelo, s'era affacciata una rosa che mi sbatteva in faccia. Fermai la corsa per toglierla di mezzo.

La vecchia disse: Lasciala, perché la rompi?

Perché mi dà sberle, risposi.

E se invece fossero carezze? Prova a pensare che sono carezze. Carezze di rosa. È questione di veder le cose dal lato bello, tu invece vedi solo quello brutto.

Più che altro lo sento sul muso.

Non spezzai il rametto, esser carezzato rudemente da una rosa cominciò a piacermi. Non ho più dimenticato la lezione. Ho sempre cercato il verso buono delle cose, spesso trovandolo. Tu invece mi hai tolto l'amicizia perché guardavi la parte negativa. Che a tuo giudizio era negativa. Il suc-

cesso degli amici è sempre negativo per i finti amici. Ho passato periodi difficili, avevo bisogno almeno di una parola da parte tua. Niente. Ti dava fastidio la mia strada pulita e lucida. Non ti accorgevi che, accanto a quella, camminavo scalzo tra le spine. Ormai è finita per entrambi. Non porto rancore, per questo ti ho negato la mano. La stretta di mano è falsa, tradisce una pace di comodo, roba che non c'è. Io non sono più l'attore della recita, non stringo mani falsamente. Ora ti chiedo di andare via e lasciarmi in pace. I cespugli e quelle rose mi devono una storia.

Mi allontanai senza dire niente. Aveva ragione, me ne ero accorto tardi. Prima di giudicare, di condannare e sparire indignati, servirebbe pazienza di aspettare. Io invece l'ho lasciato solo, togliendogli il saluto. E con me, tanti lo hanno fatto. Tornai a casa piuttosto depresso. Ce l'avevo con la mia spocchiosa invidia e crudeltà. Non rappresentavano altro che me stesso.

L'indomani alcuni ragazzi irruppero in paese spaventati. Giù sul pendio, vicino al bosco del Baèrt, steso su una panca di legno avevano trovato un vecchio morto. Teneva una rosa selvatica posata sul petto.

Altro non seppero dire.

PEFC
PEFC/18-32-03

Certificato PEFC
Questo prodotto è realizzato con materia prima da foreste gestite in maniera sostenibile e da fonti controllate
www.pefc.it

Mondadori Libri S.p.A.

Questo volume è stato stampato
presso ELCOGRAF S.p.A.
Stabilimento - Cles (TN)

Stampato in Italia - Printed in Italy